ANTES DE NASCER O MUNDO

Obras do autor na Companhia das Letras

A água e a águia
Antes de nascer o mundo
As Areias do Imperador 1 – Mulheres de cinzas
As Areias do Imperador 2 – Sombras da água
As Areias do Imperador 3 – O bebedor de horizontes
Cada homem é uma raça
A confissão da leoa
Contos do nascer da Terra
E se Obama fosse africano?
Estórias abensonhadas
O fio das missangas
O gato e o escuro
O mapeador de ausências
A menina sem palavras
Na berma de nenhuma estrada
O outro pé da sereia
Poemas escolhidos
Um rio chamado tempo, uma casa chamada terra
Terra sonâmbula
O último voo do flamingo
A varanda do frangipani
Venenos de Deus, remédios do Diabo
Vozes anoitecidas

MIA COUTO

Antes de nascer o mundo

13ª reimpressão

COMPANHIA DAS LETRAS

Copyright © 2009 by Mia Couto e Editorial Caminho, SA, Lisboa

A Editora optou por manter a grafia do português de Moçambique, observando as regras do Acordo Ortográfico da Língua Portuguesa de 1990

Capa
Alceu Chierosin Nunes

Ilustração de capa
Angelo Abu

Revisão
Isabel Jorge Cury
Ana Maria Barbosa

Dados Internacionais de Catalogação na Publicação (CIP)
(Câmara Brasileira do Livro, SP, Brasil)

Couto, Mia
   Antes de nascer o mundo / Mia Couto. — São Paulo : Companhia das Letras, 2016.

   ISBN 978-85-359-2805-1

   1. Ficção moçambicana (Português) I. Título.

09-04410   CDD-869.3

Índice para catálogo sistemático:
1. Ficção : Literatura moçambicana em português   869.3

Todos os direitos desta edição reservados à
EDITORA SCHWARCZ S.A.
Rua Bandeira Paulista, 702, cj. 32
04532-002 — São Paulo — SP
Telefone: (11) 3707-3500
www.companhiadasletras.com.br
www.blogdacompanhia.com.br
facebook.com/companhiadasletras
instagram.com/companhiadasletras
twitter.com/cialetras

*Toda a história do mundo não é mais
que um livro de imagens refletindo
o mais violento e mais cego
dos desejos humanos: o desejo de esquecer.*

Hermann Hesse, *Viagem pelo Oriente*

Índice

LIVRO UM — A HUMANIDADE
Eu, Mwanito, o afinador de silêncios   11
Meu pai, Silvestre Vitalício   29
Meu irmão, Ntunzi   53
O Tio Aproximado   69
Zacaria Kalash, o militar   83
A jumenta Jezibela   99

LIVRO DOIS — A VISITA
A aparição 115
Os papéis da mulher 131
Ordem de expulsão 143
Segundos papéis 163
A loucura 179
Ordem para matar 193

LIVRO TRÊS — REVELAÇÕES E REGRESSOS
A despedida 209
Uma bala vem à baila 227
A árvore imóvel 239
O livro 251

Livro um

A HUMANIDADE

Sou o único homem a bordo do meu barco.
Os outros são monstros que não falam,
Tigres e ursos que amarrei aos remos,
E o meu desprezo reina sobre o mar.

[...]
E há momentos que são quase esquecimento
Numa doçura imensa de regresso.

A minha pátria é onde o vento passa,
A minha amada é onde os roseirais dão flor,
O meu desejo é o rastro que ficou das aves,
E nunca acordo deste sonho e nunca durmo.

Sophia de Mello Breyner Andresen

Eu, Mwanito, o afinador de silêncios

*Escuto mas não sei
Se o que oiço é silêncio
Ou deus.*
[...]

Sophia de Mello Breyner Andresen

A primeira vez que vi uma mulher tinha onze anos e me surpreendi subitamente tão desarmado que desabei em lágrimas. Eu vivia num ermo habitado apenas por cinco homens. Meu pai dera um nome ao lugarejo. Simplesmente chamado assim: "Jesusalém". Aquela era a terra onde Jesus haveria de se descrucificar. E pronto, final.

Meu velho, Silvestre Vitalício, nos explicara que o mundo terminara e nós éramos os últimos sobreviventes. Depois do horizonte, figuravam apenas territórios sem vida que ele vagamente designava por "Lado-de-Lá". Em poucas palavras, o inteiro planeta se resumia assim: despido de gente, sem estradas e sem pegada de bicho. Nessas longínquas paragens, até as almas penadas já se haviam extinto.

Em contrapartida, em Jesusalém, não havia senão vivos. Desconhecedores do que fosse saudade ou esperança, mas gente vivente. Ali existíamos tão sós que nem doença sofríamos e eu acreditava que éramos imortais. À nossa volta, apenas os bichos e as plantas morriam. E, nas estiagens, desfalecia de mentira o nosso rio sem nome, um riacho que corria nas traseiras do acampamento.

A humanidade era eu, meu pai, meu irmão Ntunzi e Zacaria Kalash, nosso serviçal que, conforme verão, nem presença tinha. E mais nenhum ninguém. Ou quase nenhum. Para dizer a verdade, esqueci-me de dois semi-habitantes: a jumenta Jezibela, tão humana que afogava os devaneios sexuais de meu velho pai. E também não referi o meu Tio Aproximado. Esse parente vale uma menção: porque ele não vivia connosco no acampamento. Morava junto ao portão de entrada da coutada, para além da permissível distância, e apenas nos visitava de quando em quando. Entre nós e a sua cabana ficava a lonjura de horas e feras.

Para nós, os miúdos, a chegada de Aproximado era razão de festa maior, uma sacudidela na nossa árida monotonia. O Tio trazia mantimentos, roupas, bens de necessidade. Meu pai, nervoso, saía ao encontro do camião onde se amontoavam as encomendas. Interceptava o visitante antes que o veículo invadisse a vedação que circundava o casario. Nessa cerca, Aproximado era forçado a lavar-se para não trazer contaminações da cidade. Lavava-se com terra e com água, fizesse frio ou fizesse noite. Depois do banho, Silvestre desbagageava o camião, apressando as entregas, abreviando as despedidas. Num volátil instante, mais breve que um bater de asas, ante o nosso olhar angustiado, Aproximado voltava a extinguir-se para além do horizonte.

— *Ele não é um irmão direto* — justificava Silvestre. — *Não quero muita conversa, esse homem não conhece os nossos costumes.*

Essa humanidadezita, unida como os cinco dedos, estava afinal dividida: meu pai, o Tio e Zacaria tinham pele escura; eu e Ntunzi éramos igualmente negros, mas de pele mais clara.

— *Somos de outra raça?* — perguntei um dia. Meu pai respondeu:

— *Ninguém é de uma raça. As raças* — disse ele — *são fardas que vestimos.*

Talvez Silvestre tivesse razão. Mas eu aprendi, tarde demais, que essa farda se cola, às vezes, à alma dos homens.

— *Vem de sua mãe, Dordalma, essa claridade da pele. Alminha era um bocadinho mulata* — esclareceu o Tio.

* * *

A família, a escola, os outros, todos elegem em nós uma centelha promissora, um território em que poderemos brilhar. Uns nasceram para cantar, outros para dançar, outros nasceram simplesmente para serem outros. Eu nasci para estar calado. Minha única vocação é o silêncio. Foi meu pai que me explicou: tenho inclinação para não falar, um talento para apurar silêncios. Escrevo bem, silêncios, no plural. Sim, porque não há um único silêncio. E todo o silêncio é música em estado de gravidez.

Quando me viam, parado e recatado, no meu invisível recanto, eu não estava pasmado. Estava desempenhado, de alma e corpo ocupados: tecia os delicados fios com que se fabrica a quietude. Eu era um afinador de silêncios.

— *Venha, meu filho, venha ajudar-me a ficar calado.*

Ao fim do dia, o velho se recostava na cadeira da varanda. E era assim todas as noites: me sentava a seus pés, olhando as estrelas no alto do escuro. Meu pai fechava os olhos, a cabeça meneando para cá e para lá, como se um compasso guiasse aquele sossego. Depois, ele inspirava fundo e dizia:

— *Este é o silêncio mais bonito que escutei até hoje. Lhe agradeço, Mwanito.*

Ficar devidamente calado requer anos de prática. Em mim, era um dom natural, herança de algum antepassado. Talvez fosse legado de minha mãe, Dona Dordalma, quem podia ter a certeza? De tão calada, ela deixara de existir e nem se notara que já não vivia entre nós, os vigentes viventes.

— *Você sabe, filho: há a calmaria dos cemitérios. Mas o sossego desta varanda é diferente.*

Meu pai. A voz dele era tão discreta que parecia apenas uma outra variedade de silêncio. Tossicava e a tosse rouca dele, essa, era uma oculta fala, sem palavras nem gramática.

Ao longe, se entrevia, na janela da casa anexa, uma bruxuleante lamparina. Por certo, meu irmão nos espreitava. Uma culpa me raspava o peito: eu era o escolhido, o único a partilhar proximidades com o nosso eterno progenitor.

— Não chamamos o Ntunzi?
— Deixe o seu irmão. É consigo que mais gosto de ficar sozinho.
— Mas estou quase a ter sono, pai.
— Fique só mais um pouco. É que são raivas, tantas raivas acumuladas. Eu preciso afogar essas raivas e não tenho peito para tanto.
— Que raivas são essas, meu pai?
— Durante muitos anos alimentei feras pensando que eram animais de estimação.

Queixava-me eu do sono, mas era ele quem adormecia. Deixava-o cabeceando na cadeira e regressava para o quarto onde Ntunzi, desperto, me esperava. O meu irmão me olhava com mistura de inveja e comiseração:

— Outra vez essa treta do silêncio?
— Não diga isso, Ntunzi.
— Esse velho enlouqueceu. E o pior é que o gajo não gosta de mim.
— Gosta.
— Por que nunca me chama a mim?
— Ele diz que sou um afinador de silêncios.
— E você acredita? Não vê que é uma grande mentira?
— Não sei, mano, que hei-de fazer se ele gosta que eu fique ali, todo caladito?
— Você não percebe que isso é tudo conversa? A verdade é que você lhe traz lembranças da nossa falecida mãe.

Mil vezes Ntunzi me fez recordar o motivo por que

meu pai me elegera como predileto. A razão desse favoritismo sucedera num único instante: no funeral da nossa mãe, Silvestre não sabia estrear a viuvez e se afastou para um recanto para se derramar em pranto. Foi então que me acerquei de meu pai e ele se ajoelhou para enfrentar a pequenez dos meus três anos. Ergui os braços e, em vez de lhe limpar o rosto, coloquei as minhas pequenas mãos sobre os seus ouvidos. Como se quisesse convertê-lo em ilha e o alonjasse de tudo que tivesse voz. Silvestre fechou os olhos nesse recinto sem eco: e viu que Dordalma não tinha morrido. O braço, cego, estendeu-se na penumbra:
— *Alminha!*
E nunca mais ele proferiu o nome dela. Nem evocou lembrança do tempo em que tinha sido marido. Queria tudo isso calado, sepultado em esquecimento.
— *E você me ajude, meu filho.*
Para Silvestre Vitalício, a minha vocação estava definida: tomar conta dessa insanável ausência, pastorear demónios que lhe abocanhavam o sono. Certa vez, enquanto partilhávamos sossegos, arrisquei:
— *Ntunzi diz que lhe faço lembrar a mãe. É verdade, pai?*
— *É o contrário, você me afasta das lembranças. Esse Ntunzi é que me traz espinhos do antigamente.*
— *Sabe, pai? Ontem sonhei com a mãe.*
— *Como pode sonhar com alguém que nunca conheceu?*
— *Eu conheci, só não me lembro.*
— *É a mesma coisa.*

— Mas recordo a voz dela.
— Qual voz dela? Dordalma quase nunca falava.
— Recordo um sossego que parece, sei lá, parece água. Às vezes penso que me lembro da casa, o grande sossego da casa...
— E Ntunzi?
— Ntunzi o quê, pai?
— Ele insiste que se recorda da mãe?
— Não há dia em que ele não se recorde dela.
Meu pai nada respondeu. Ruminou um novelo de resmungos e, depois, com voz rouca de quem foi ao fundo da alma, afirmou:
— *Vou dizer uma coisa, nunca mais vou repetir: vocês não podem lembrar nem sonhar nada, meus filhos.*
— Mas eu sonho, pai. E Ntunzi se lembra de tanta coisa.
— *É tudo mentira. O que vocês sonham fui eu que criei nas vossas cabeças. Entendem?*
— Entendo, pai.
— *E o que vocês lembram sou eu que acendo nas vossas cabeças.*
O sonho é uma conversa com os mortos, uma viagem ao país das almas. Mas já não havia nem falecidos nem território das almas. O mundo tinha terminado e o seu final era um desfecho absoluto: a morte sem mortos. O país dos defuntos estava anulado, o reino dos deuses cancelado. Foi assim que, de uma assentada, meu pai falou. Até hoje essa explanação de Sil-

vestre Vitalício me parece lúgubre e confusa. Porém, naquele momento, ele foi peremptório:

— *É por isso que vocês não podem nem sonhar nem lembrar. Porque eu próprio não sonho, nem lembro.*

— Mas, pai, o senhor não tem memória da nossa mãe?

— *Nem dela, nem da casa, nem de nada. Já não me lembro de nada.*

E ele se ergueu, rangente, para esquentar o café. Os passos eram de embondeiro que vai arrancando as próprias raízes. Olhou o fogo, fez de conta que se mirava num espelho, fechou os olhos e aspirou os perfumosos vapores da cafeteira. Ainda de olhos fechados, sussurrou:

— *Vou dizer um pecado: deixei de rezar quando você nasceu.*

— *Não diga isso, meu pai.*

— *Estou-lhe a dizer.*

Uns têm filhos para ficarem mais perto de Deus. Ele se convertera em Deus desde que era meu pai. Assim falou Silvestre Vitalício. E prosseguiu: os falsos tristes, os maus solitários acreditam que os lamentos sobem às alturas.

— *Mas Deus está surdo* — disse.

Fez uma pausa para erguer a chávena e saborear o café e, depois, rematou:

— *Mesmo que não estivesse surdo: que palavra há para falar a Deus?*

Em Jesusalém, não havia igreja de pedra ou cruz.

Era no meu silêncio que meu pai fazia catedral. Era ali que ele aguardava o regresso de Deus.

* * *

Na verdade, não nasci em Jesusalém. Sou, digamos, emigrante de um lugar sem nome, sem geografia, sem história. Assim que minha mãe morreu, tinha eu três anos, meu pai pegou em mim e no meu irmão mais velho e abandonou a cidade. Atravessou florestas, rios e desertos até chegar a um sítio que ele adivinhava ser o mais inacessível. Nessa odisseia cruzamos com milhares de pessoas que seguiam em rumo inverso: fugindo do campo para a cidade, escapando da guerra rural para se abrigarem na miséria urbana. As pessoas estranhavam: por que motivo a nossa família se embrenhava no interior, onde a nação estava ardendo?

À frente, enfiado no banco dianteiro, seguia meu pai. Parecia enjoado, talvez ele tivesse assumido que viajava mais num barco que numa viatura. — *Isto aqui é a Arca de Noé motorizada* — proclamou quando ainda tomávamos lugar na velha carripana.

Junto connosco, nas traseiras da camioneta, viajava Zacaria Kalash, o antigo militar que apoiava meu velho pai nos afazeres diários.

— *Mas vamos aonde?* — meu irmão perguntou.

— *A partir de agora deixou de haver aonde* — sentenciou Silvestre.

No final dessa longa viagem, instalámo-nos numa coutada havia muito deserta, fazendo abrigo num abandonado acampamento de caçadores. Em redor, a guerra tornara tudo vazio, sem sombra de humanidade. Até os animais eram escassos. Abundava apenas o bravio mato onde, desde havia muito, nenhuma estrada se desenhava.

Nos escombros do acampamento nos instalámos. Meu pai, na ruína central; eu e Ntunzi, numa casa anexa. Zacaria se arrumou num velho armazém, localizado nas traseiras. A antiga casa da administração ficou desocupada.

— *Essa casa* — disse o pai — *é habitada por sombras e governada por lembranças.*

Depois, ordenou:

— *Ali ninguém entra!*

Os trabalhos de restauro foram mínimos. Silvestre não queria desrespeitar aquilo que ele chamava de "obras do tempo". De um único labor ele se ocupou: à entrada do acampamento havia uma pequena praceta com um mastro onde, antes, se hasteavam bandeiras. Meu pai fez do mastro um suporte para um gigantesco crucifixo. Por cima da cabeça de Cristo ele fixou uma tabuleta onde se podia ler: "Seja bem-vindo, Senhor Deus". Esta era a sua crença:

— *Um dia, Deus nos virá pedir desculpa.*

O Tio e o ajudante se benziam, atabalhoadamente, para esconjurar a heresia. Nós sorríamos confiantes: alguma proteção divina deveríamos usufruir para nunca sofrermos de enfermidade, mordedura de cobra ou emboscada de bicho.

* * *

Vezes sem conta perguntávamos: por que estávamos ali, longe de tudo e de todos? Meu pai respondia:
— *O mundo acabou, meus filhos. Apenas resta Jesusalém.*
Eu era crente das palavras paternas. Ntunzi, porém, considerava tudo aquilo um delírio. Inconformado, voltava a indagar:
— *E não há mais ninguém no mundo?*
Silvestre Vitalício inspirava como se a resposta pedisse muito peito e, fazendo soltar um demorado suspiro, murmurava:
— *Somos os últimos.*
Diligencioso, Vitalício se ocupava em nos criar, com cuidados e esmeros. Mas evitando que o cuidado resvalasse em ternura. Ele era homem. E nós estávamos na escola de ser homens. Os únicos e últimos homens. Recordo que ele me afastava, com firme delicadeza, quando eu o abraçava:
— *Você fecha os olhos quando me abraça?*
— *Nem sei, pai, nem sei.*
— *Não deve fazer isso.*
— *Fechar os olhos, pai?*
— *Me abraçar.*
Apesar do distanciamento físico, Silvestre Vitalício sempre se cumpriu pai materno, antepassado presente. Eu estranhava tal esmero. Porque esse zelo era a negação de tudo o que ele apregoava. Aquela dedicação só

ganhava sentido se houvesse, em algum indescortinado lugar, um tempo cheio de futuro.
— *Mas, pai, nos conte. Como faleceu o mundo?*
— *Na verdade, já não me lembro.*
— *Mas o Tio Aproximado...*
— *O Tio conta muita história...*
— *Então, pai, nos conte o senhor.*
— *O caso foi o seguinte: o mundo acabou mesmo antes do fim do mundo...*
Terminara o universo sem espetáculo, sem rasgão nem clarão. Por definhamento, exaurido em desespero. E assim, vagamente, meu pai derivava sobre a extinção do cosmos. Primeiro, começaram a morrer os lugares-fêmeas: as nascentes, as praias, as lagoas. Depois, morreram os lugares-machos: os povoados, os caminhos, os portos.
— *Sobreviveu apenas este lugar. É aqui que vivemos de vez.*
Viver? Ora, viver é cumprir sonhos, esperar notícias. Silvestre não sonhava, nem aguardava notícia. No princípio, ele queria um lugar onde ninguém se lembrasse do seu nome. Agora, ele próprio já não se lembrava quem era.
Tio Aproximado deitava águas na fervura das paternas congeminações. Que o cunhado saíra da cidade por razões banais, comuns a quem sente ser possuído pela idade.
— *Vosso pai queixava-se de que se sentia envelhecer.*
Velhice não é idade: é um cansaço. Quando ficamos velhos, todas as pessoas parecem iguais. Essa era a lamentação de Silvestre Vitalício. Os habitantes e os

lugares já eram todos indistintos quando ele se decidiu pela viagem total. Outras vezes — e foram tantas vezes — Silvestre teria declarado: a vida é demasiado preciosa para ser esbanjada num mundo desencantado.

— *Vosso pai está muito psicológico* — concluía o Tio. — *Isto passa-lhe, mais dia.*

Passaram dias e anos e o pai manteve o seu delírio. Com o tempo, as aparições do Tio foram rareando. A mim me doíam aquelas crescentes ausências, mas o meu irmão me desenganava:

— *Tio Aproximado não é quem você pensa* — avisava-me.

— *Não entendo.*

— *É um carcereiro. É isso que ele é, um carcereiro.*

— *Como assim?*

— *Esse seu tiozinho está é guardando esta prisão a que estamos condenados.*

— *E por que haveríamos de estar em prisão?*

— *Por causa do crime.*

— *Que crime, Ntunzi?*

— *O crime que o nosso pai cometeu.*

— *Não diga isso, mano.*

Todas as histórias que o pai inventava sobre os motivos de abandonar o mundo, todas aquelas fantasiosas versões tinham um único propósito: empoeirar-nos o juízo, afastando-nos das memórias do passado.

— *A verdade é só uma: o nosso velho está fugindo da justiça.*

— *E que crime ele cometeu?*

— *Um dia lhe conto.*

* * *

Fosse qual fosse a razão do desterro, tinha sido Aproximado quem, havia oito anos, comandara a nossa retirada para "Jesusalém", guiando um camião a cair de podre. O Tio conhecia o destino que nos era reservado. Em tempos, ele trabalhara nesta antiga coutada como fiscal de caça. O Tio sabia de bichos e espingardas, de tandos e florestas. Enquanto nos conduzia, na sua velha carripana, braço descaído sobre a porta, ele dissertava sobre as manhas dos animais e os segredos do mato.

O tal camião — a nova Arca de Noé — chegou ao destino, mas desfaleceu para sempre, à porta daquilo que viria a ser a nossa casa. Ali apodreceu, ali se converteu no meu favorito brinquedo, meu refúgio de sonhar. Sentado ao volante da falecida máquina, eu podia ter inventado viagens infinitas, vencido distâncias e cercos. Como faria outra qualquer criança, poderia ter dado a volta ao planeta, até que o universo inteiro me obedecesse. Mas isso nunca sucedeu: o meu sonho não aprendera a viajar. Quem viveu pregado a um só chão não sabe sonhar com outros lugares.

Diminuído na ilusão, acabei apurando outras defesas contra a nostalgia. Para ludibriar a lentidão das horas, anunciava:

— *Vou para o rio!*

O mais provável era ninguém me escutar. Todavia, sentia tanto prazer naquela proclamação que a continuava repetindo enquanto me dirigia para o vale. No caminho, detinha-me frente a um falecido poste de energia que tinha sido instalado, mas nunca chegara a operar. Todos os outros postes que tinham sido espetados no chão haviam desabrochado em verdes rebentos e, hoje, eram árvores de esplendorosa copa. Aquele era o único que jazia esquelético, enfrentando, solitário, o infinito do tempo. Aquele poste, dizia Ntunzi, não era um tronco cravado na terra: era um mastro de um barco que perdera o seu mar. Por isso, eu sempre o abraçava para receber o consolo de um velho parente.

No rio me demorava em espraiados sonhos. Aguardava por meu irmão que, ao fim da tarde, se vinha banhar. Ntunzi despia-se e ficava assim, desprotegido, olhando a água exatamente com a mesma nostalgia com que o via contemplar a mala de viagem que ele fazia e desfazia todos os dias. Uma vez, me perguntou:

— *Já esteve debaixo de água, miúdo?*

Neguei com a cabeça, ciente de que não entendia a fundura da pergunta dele.

— *Debaixo de água* — disse Ntunzi — *enxergam-se coisas impossíveis de imaginar.*

Não decifrei as palavras de meu irmão. Mas, aos poucos, senti: a coisa mais viva e verdadeira que acontecia em Jesusalém era aquele rio sem nome. Afinal, a interdição de lágrima e oração tinha sentido. Meu pai não estava tão alienado como pensávamos. Se houvesse que rezar ou chorar seria apenas ali, na margem do rio, joelho dobrado sobre a areia molhada.

— *O pai sempre diz que o mundo morreu, não é?* — perguntou Ntunzi.

— *Ora, o pai diz tanta coisa.*

— *É o contrário, Mwanito. Não foi o mundo que faleceu. Nós é que morremos.*

Me arrepiei, um frio passou-me da alma para a carne, da carne para a pele. Afinal, aquela nossa morada era a própria morte?

— *Não diga isso, Ntunzi, que me dá um medo.*

— *Pois fique sabendo: nós não saímos do mundo, fomos expatriados como um espinho que é expulso pelo corpo.*

Doeram-me as palavras dele como se a vida estivesse espetada no meu corpo e, para crescer, eu tivesse que desencravar essa farpa.

— *Um dia lhe conto tudo* — fechou Ntunzi a conversa. — *Agora, porém, não será que o meu irmãozinho quer ver o outro lado?*

— *Que outro lado?*

— *O outro lado, você sabe: o mundo, o Lado-de-Lá!*

Espreitei as redondezas antes de responder. Temia que meu pai nos vigiasse. Espreitei o topo da colina, as traseiras do casario. Receava que Zacaria estivesse passando.

— *Tire essa roupa, vá.*

— *Não me vai fazer mal, mano?*

Lembrei-me da vez que ele me lançara nas pantanosas águas do remanso e fiquei preso no fundo, os pés ensarilhados nas submersas raízes dos caniços.

— *Venha comigo* — convidou ele.

Ntunzi afundou os pés na lama e entrou no rio. Caminhou até a água lhe dar pelo peito e instigou-me a que me juntasse a ele. Senti a corrente revolteando em redor do corpo. Ntunzi me deu a mão, com receio de que eu fosse puxado pelas águas.

— *Vamos fugir, mano?* — perguntei, com contido entusiasmo.

Custou-me que nunca me tivesse ocorrido: o rio era uma estrada aberta, um sulco rasgado sem interdição. Estava ali a saída e nós não fôramos capazes de a ver. Mais e mais acrescido de vontade fui construindo planos em voz alta: quem sabe regressássemos à margem e começássemos a escavar uma canoa? Sim, uma canoazinha seria o suficiente para nos afastarmos daquela prisão e desaguarmos no alto mundo. Contemplei Ntunzi, que permanecia alheio aos meus devaneios.

— *Não haverá canoa, nunca. Esqueça.*

Por ventura me passara da ideia os crocodilos e hipopótamos que infestavam o rio, mais abaixo? E os rápidos e as cascatas, enfim, os infinitos perigos e armadilhas que o rio escondia?

— *Mas alguém já lá foi antes? É só o que ouvimos dizer...*

— *Fique quieto e calado.*

Segui-o contra a corrente e fomos sulcando a ondulação até chegarmos à zona onde o rio se meandra, arrependido, e o leito se atapeta de calhaus rolados. Nesse remanso, as águas ganhavam surpreendente limpidez. O Ntunzi largou a minha mão e instruiu-me: eu deveria imitá-lo. Então, mergulhou para depois, todo submerso, abrir os olhos e, assim, contemplar a luz reverberando na superfície. Foi o que fiz: do ventre do rio, contemplei os rebrilhos do sol. E aquele fulgor me encandeou, numa cegueira envolvente e doce. Se houvesse abraço de mãe teria que ter sido assim, nesse desmaio de sentidos.

— *Gostou?*

— *Se gostei? É tão bonito, Ntunzi, parecem estrelas líquidas, tão diurninhas!*

— *Vê, maninho? Esse é que é o outro lado.*

Voltei a mergulhar para me embriagar naquele maravilhamento. Desta vez, porém, me assaltou uma tontura e, de repente, perdi noção de mim e confundi o fundo com a superfície. Fiquei ali girando como peixe cego sem saber vir à tona. Acabaria me afogando se Ntunzi não me tivesse arrastado para a margem. Já refeito, confessei que, enquanto submerso, um calafrio me golpeara.

— *Não será que, do outro lado, alguém nos espreita?*

— *Espreitam-nos, sim. São aqueles que nos virão pescar.*

— *Disse "buscar"?*

— *Pescar.*

Estremeci. A ideia de peixarmos, cativos dentro de água, me conduziu à terrível conclusão: os outros, os do lado do Sol, eram os vivos, as únicas criaturas humanas.

— *Mano, é mesmo verdade que nós estamos mortos?*

— *Só os vivos podem saber, mano. Só eles.*

O acidente no riacho não me inibiu. Pelo contrário, continuei regressando à curva do rio e, no remanso das águas, me deixava afundar. E ficava tempos infindos, olhos deslumbrados, visitando o outro lado do mundo. Meu pai nunca soube mas foi ali, mais do que em outro lugar qualquer, que apurei a arte de afinar silêncios.

Meu pai, Silvestre Vitalício

> [...]
> *Viveste no avesso*
> *Viajante incessante do inverso*
> *Isento de ti próprio*
> *Viúvo de ti próprio*
> [...]
>
> Sophia de Mello Breyner Andresen

Conheci meu pai antes de mim mesmo. Sou, assim, um pouco ele. Sem presença de mãe, o peito ossudo de Silvestre Vitalício foi meu único colo, sua velha camisa foi meu lenço, seu ombro magro foi minha almofada. Um monocórdico ressonar foi o meu único canto de embalar.

Durante anos, meu pai foi uma alma doce, seus braços davam a volta à Terra e neles moravam os mais antigos sossegos. Mesmo sendo ele a estranha e imprevisível criatura, eu via no velho Silvestre o único sabedor de verdades, o solitário adivinhador de presságios.

Hoje, eu sei: meu pai tinha perdido os Nortes. Ele vislumbrava coisas que ninguém mais reconhecia. Essas aparições aconteciam, sobretudo, nas grandes ventanias que, em Setembro, varrem as savanas. O vento era, para Silvestre, uma dança de fantasmas. As árvores, ventadas, convertiam-se em pessoas, eram mortos que se lamentavam, a querer arrancar as suas próprias raízes. Assim falava Silvestre Vitalício, enclausurado no quarto e barricado atrás de janelas e portas, à espera que a bonança chegasse.

— *O vento está cheio de doenças, o vento é, todo ele, uma contagiosa enfermidade.*

Nesses dias de tempestade, o velho não autorizava que ninguém saísse do quarto. Convocava-me para ficar a seu lado, e eu tentava, em vão, engordar silêncios. Nunca fui capaz de o sossegar. No rumor das folhagens, Silvestre escutava motores, comboios, cidades em movimento. Tudo o que tanto queria esquecer lhe era trazido pelo assobiar das rajadas entre os ramos.

— *Mas, pai* — arriscava eu —, *porquê esse medo?*

— *Eu sou uma árvore* — explicava-se ele.

Árvore, sim, mas sem as naturais raízes. Onde se ancorava, era em solo estranho, nesse flutuante país que inventara para si mesmo. O medo das aparições foi piorando com o tempo. Das árvores se estendeu para os becos noturnos e para o ventre da Terra. A certo momento, meu pai mandou que, à hora do poente, se tapasse a abertura do poço. Por aquela boca escancarada poderiam emergir criaturas medonhas e propositadas. A visão de monstros eclodindo do chão me arrepiava.

— *Pai, que coisas podem sair do poço?*

Que eu desconhecia certos répteis que escavam nos túmulos dos falecidos e trazem nas unhas e nos dentes restos da própria Morte. Esses lagartos escalam pelas paredes húmidas dos poços, invadem o sono e molham os lençóis dos adultos.

— *É por isso que você não pode dormir perto de mim.*

— *Mas eu tenho medo, pai. Só queria que me deixasse adormecer no seu quarto.*

O meu irmão nunca comentou a pretensão de me deitar perto do pai. Alta noite, ele me via avançar, furtivo, pelo corredor, e estacar à entrada da porta proibida do quarto paterno. Muitas foram as vezes que Ntunzi me veio recolher, adormecido e tombado como um farrapo no frio chão.

— *Venha para a sua cama, o pai não pode encontrá-lo aí.*

Eu seguia-o, demasiado atordoado para lhe estar grato. Ntunzi me reconduzia ao leito e, certa vez, me segurou a mão, para me dizer:

— *Você pensa que tem medo? Pois saiba que o pai tem muito mais medo.*

— *O pai?*

— *O pai não o quer lá no quarto dele, sabe porquê? Porque morre de medo de ser surpreendido a falar durante o sono.*

— *Falar o quê?*

— *Coisas inconfessáveis.*

De novo, era Dona Dordalma, nossa ausente mãe, a causa de todas as estranhezas. Em lugar de se esfumar no antigamente, ela se imiscuía nas frestas do silêncio, nas reentrâncias da noite. E não havia como dar enterro àquele fantasma. A sua misteriosa morte, sem causa nem aparência, não a roubara do mundo dos vivos.

— *Pai, a mãe morreu?*

— *Quatrocentas vezes.*
— *Como?*
— *Já vos disse quatrocentas vezes: a vossa mãe morreu, morreu toda, faz de conta que nunca esteve viva.*
— *E está enterrada onde?*
— *Ora, está enterrada em toda a parte.*

Talvez fosse isso: meu pai vazara o mundo para o poder encher com as suas invenções. No início, ainda nos encantávamos com as súbitas aves que emergiam das palavras dele e ascendiam como fumos.

— *O mundo: querem saber como é?*

Só nossos olhos respondiam. Que sim, ansiávamos saber como se disso dependesse o chão que pisávamos.

— *Pois o mundo, meus filhos...*

E fazia uma pausa, a cabeça balançando como se as ideias lhe pesassem ora de um lado, ora do outro. Depois, levantava-se repetindo, com voz grave, cavernosa:

— *O mundo, meus filhos...*

No princípio, eu tinha medo daquela ruminação. Talvez meu pai, afinal, não soubesse o que responder e essa era uma fragilidade que eu dificilmente podia suportar. Silvestre Vitalício sabia tudo e esse saber absoluto era a casa que me dava resguardo. Era ele que conferia nome às coisas, era ele que batizava árvores e serpentes, era ele que previa ventos e enchentes. Meu pai era o único Deus que nos cabia.

— *Está certo, vocês merecem, vou contar o que é o mundo...*

Suspirava ele, suspirava eu. Afinal, a palavra lhe tinha regressado e a sua luz me voltava a trazer o chão de uma certeza.

— *Pois, o caso é simples, meus filhos: o mundo morreu, não resta nada para lá de Jesusalém.*

— *Não terá sobrado, por lá, uma mulher?* — inquiriu, certa vez, meu irmão.

O sobrolho de Silvestre se ergueu. Ntunzi suavizou, sabendo que a pergunta era provocatória: sem mulheres, não nos restava mais semente. O pai ergueu os braços e com eles cobriu a cabeça numa quase infantil reação. Ntunzi repetiu a frase, como se raspasse unha sobre vidro.

— *Sem mulheres, não resta semente...*

A rispidez de Silvestre confirmou a já velha, mas nunca enunciada, interdição: as mulheres eram assunto interdito, mais proibido que a reza, mais pecaminoso que as lágrimas ou o canto.

— *Não quero essa conversa. Aqui não entram mulheres, nem quero ouvir falar a palavra...*

— *Calma, pai, estava apenas a querer saber...*

— *Não há falas dessas em Jesusalém. As mulheres são todas... todas umas putas.*

Nunca lhe tínhamos escutado tal palavra. Mas foi como se tivesse desatado um nó. A partir de então, o termo "puta" passou a ser, entre nós, uma outra forma de dizer "mulher". E se, inadvertidamente, Aproximado aflorava assuntos de mulher, meu velho arrastava-se pela casa vociferando:

— *São todas umas putas!*

Aquele descomportamento era, para Ntunzi, a prova do crescente desatino de Silvestre Vitalício. Para mim, meu pai sofria, quando muito, de doença passageira. Essa enfermidade levou a que, em pleno Inverno, quando as nuvens se tornavam estéreis, começássemos a escavar no duro chão, abrindo poços cegos e secos.

Ao fim do dia, nosso pai inspecionava as esqueléticas covas, rasgadas entre torrões e cascalho. Para se certificar da eficácia da obra, ele procedia à seguinte inspeção: Ntunzi era amarrado pelos pés a uma extensa corda e descido pela garganta pétrea. Apreensivos, víamo-lo ser deglutido pelas profundezas, em derradeira ligação ao mundo dos vivos. A corda tensa nas mãos de Silvestre era o avesso de um cordão umbilical. O meu irmão era içado e resgatado para a superfície, para logo avançarmos para a abertura de mais um furo. Terminávamos o dia exaustos, cobertos de areia, cabelos encrespados de pó. De vez em quando, eu ainda arriscava:

— *Por que cavamos, nosso pai?*
— *É só para Deus ver. Só para Ele ver.*

Deus não via, o nosso lugar era demasiado longe. Não era por aqueles furos na panela fervente do chão que se entornava o caldo divino. Silvestre queria desfear a obra do Criador, como aquele marido ciumento que deformou o rosto da mulher para que ninguém mais desfrutasse da sua beleza. A explicação, porém, era bem diversa: os poços não eram senão armadilhas.

— *Armadilhas? E para que bichos?*
— *São outros bichos, vindos de longe. Eu já escuto esses sacanas rondarem pelas vizinhanças.*

Fosse qual fosse a desconfiança, nós sabíamos que a explanação ficaria por ali. Um vago sentimento de que algo inevitável se estava aproximando passou a dominar o velho Vitalício. As ordens que recebíamos eram mais e mais controversas. Por exemplo, eu, o mano e Zacaria Kalash passámos, por instrução de Silvestre, a varrer os atalhos. O verbo "varrer" só estava certo na língua de nosso pai. Porque era um varrer às avessas: em vez de limpar os caminhos, espalhávamos sobre eles poeiras, galhos, pedras, sementes. O que fazíamos, na realidade? Matávamos, nos nascentes atalhos, a intenção de crescerem e se tornarem estrada. E assim anulávamos o embrião de um qualquer destino.

— *Por que razão apagamos a estrada, meu pai?*

— *Nunca vi estrada que não fosse triste* — respondeu sem tirar os olhos dos vimes com que trançava um cesto.

E como meu irmão não arredasse, a mostrar que a resposta não o satisfizera, o pai somou argumentos. Nós que víssemos aquilo que a estrada trazia.

— *Traz o Tio Aproximado e as nossas encomendas.*

Silvestre fez de conta que não escutou e, impassível, prosseguiu:

— *Esperas. É isso que a estrada traz. E são as esperas que fazem envelhecer.*

E voltámos a ficar aprisionados sob nuvens secas e céus envelhecidos. Apesar da solidão, não nos podíamos queixar do ócio. O nosso quotidiano estava regulamentado do nascer ao pôr do Sol.

Os ciclos da luz e do dia eram assunto sério num

mundo onde se perdera a noção do calendário. Todas as manhãs, nosso velho inspecionava-nos os olhos, espreitando bem dentro das nossas pupilas. Queria confirmar se havíamos assistido ao nascer do Sol. Essa era a primeira obrigação dos viventes: ver emergir o astro criador. Pela luz que guardávamos nos olhos, Silvestre Vitalício sabia quando mentíamos e nos deixáramos tempo demasiado entre os lençóis.

— *Essa pupila está cheia de noite.*

No final do dia, as obrigações eram outras, igualmente sagradas. Quando nos vínhamos despedir, Silvestre inquiria:

— *Já abraçou a terra, filho?*
— *Já, pai.*
— *Os dois braços abertos sobre o chão?*
— *Um abraço como o pai ensinou.*
— *Então, vá-se deitar.*

Em regra, ele se recolhia cedo, não sobrevivendo ao poente. Nós o acompanhávamos ao quarto e nos perfilávamos enquanto ele se ajustava no leito. Com a voz empastada, sacudia vagamente a mão e dizia:

— *Agora, podem ir. Já comecei a sair do corpo.*

No instante seguinte, adormecia. Então, se dava o nosso caseiro milagre: sozinhas, as velas se acendiam pelos cantos da casa. Mais tarde, já eu deitado, escutava o sopro firme de Ntunzi, inaugurando o reino dos mochos e pesadelos. De quando em vez, dava por meu irmão sonambulando, clamando com voz que não era a dele:

— *Mateus Ventura, vais arder no fundo dos infernos!*

Mesmo dormindo, o meu irmão mais velho se confrontava com a autoridade paterna. Aquele nome, Mateus Ventura, constava entre os indizíveis segredos de Jesusalém. Na realidade, Silvestre Vitalício já tivera outro nome. Antes, ele se chamara Ventura. Quando nos mudámos para Jesusalém, meu pai nos conferiu outros nomes. Rebatizados, nós tínhamos outro nascimento. E ficávamos mais isentos de passado.

A mudança dos nomes não foi uma decisão de implementação ligeira. Silvestre preparou um ritual com pompa e circunstância. Assim que o Sol poentou, Zacaria começou a tocar um tambor e a apregoar, aos berros, uma incompreensível ladainha. Concentrámo-nos na pequena praceta eu, o Tio e o mano. De pé e em silêncio aguardámos pelo motivo da convocatória. Foi então que Silvestre Vitalício, envolto num lençol, deu entrada na praça. Transportando um pedaço de madeira evoluiu com porte de profeta até junto do crucifixo. Espetou a madeira na terra, e foi possível, então, entender que era uma tabuleta onde, em baixo-relevo, esculpira um nome. Abrindo os braços, meu pai proclamou:

— *Este é o país derradeiro e vai-se chamar Jesusalém.*

A seguir, pediu a Zacaria que lhe fizesse chegar uma tina com água. Espargiu umas gotas sobre a terra, mas logo se arrependeu. Ele não queria dar de beber aos falecidos. Com o pé raspou a areia molhada até que não ficasse vestígio. Retificado o lapso, anunciou com voz grave:

— *Agora, passemos à cerimónia do desbatismo.*

E fomos convocados um por um. E foi assim: Orlando Macara (nosso querido Tio Madrinho) passou a Tio Aproximado. O meu irmão mais velho, Olindo Ventura, transitou para Ntunzi. O ajudante Ernestinho Sobra foi renomeado como Zacaria Kalash. E Mateus Ventura, meu atribulado progenitor, se converteu em Silvestre Vitalício. Só eu guardei o mesmo nome: Mwanito.

— *Este ainda está nascendo* — justificou assim meu pai a permanência do meu nome.

Eu tinha vários umbigos, já nascera vezes sem conta, todas elas em Jesusalém, revelou Silvestre em voz alta. E seria em Jesusalém que iria concluir o meu último parto. O mundo de onde fugíramos, o Lado-de-Lá, era tão triste que não dava vontade de nascer.

— *Ainda não conheci quem tivesse nascido por gosto. Talvez aqui o Zacaria...*

Apenas o próprio Kalash se riu. E seria o mesmo Zacaria que, por nomeação superior, iria registar oficialmente os nossos novos nomes.

— *Inscreva os habitantes no censo populacional, preencha tudo nessa madeira* — ordenou o pai entregando-lhe uma velha faca do mato.

Titubeante, Zacaria se posicionou, anichado, para que a madeira ficasse entre as pernas e demorou a iniciar o registo, a faca saltitando-lhe de dedo para dedo, de mão para mão:

— *Desculpe, Vitalício. É escrever ou inscrever?*
— *Escreva o que vou ditar.*

Zacaria Kalash desenhou com esmero, em baixo-

-relevo, como se cada letra fosse uma ferida em corpo vivo. A dado passo, suspendia o facão:
— *Vitalício, com simples "v"?*
Nesse momento, Tio Aproximado interrompeu a cerimónia e pediu a Silvestre que, se o assunto era sério, ao menos ele se lembrasse dos antepassados para nomear os filhos. Sempre tinha sido assim, geração após a geração.
— *Sossegue os nossos avós, dê o nome deles aos meninos. Proteja esses miúdos.*
— *Se não há passado, não há antepassados.*
Contrariado, Aproximado abandonou a cerimónia. Ntunzi seguiu o Tio, deixando-me sem saber o que fazer. Sentado a meus pés restava o militar, procurando no alto céu solução para as suas hesitações ortográficas. O cerimonioso Silvestre aliviou a pressão do lençol em redor do pescoço e afirmou:
— *Somos cinco pessoas, mas há só quatro demónios. A você*— apontou para mim —, *falta um diabo. Por isso, você nem carece de nenhum nome... basta-lhe assim:* mwana, *Mwanito*.*

Nessa noite fez luar e me custou a adormecer. As recentes palavras de meu pai sobre o meu incompleto nascimento ecoavam em mim. E me veio à mente que eu era culpado da minha própria orfandade. Minha mãe morrera não porque tivesse deixado de viver, mas por-

* Diminutivo aportuguesado de *mwana*, "rapaz, menino, filho", em chissena, língua do Centro de Moçambique.

que havia separado o seu corpo do meu. Todo nascimento é uma exclusão, uma mutilação. Fosse vontade minha e eu ainda seria parte do seu corpo, o mesmo sangue nos banharia. Diz-se "parto". Pois seria mais acertado dizer "partida". E eu queria corrigir aquela partida.

* * *

A guerra roubou-nos memórias e esperanças. Mas, estranhamente, foi a guerra que me ensinou a ler as palavras. Explico: as primeiras letras eu as decifrei nos rótulos que vinham colados nas caixas de material bélico. O quarto de Zacaria Kalash, nas traseiras do acampamento, era um verdadeiro paiol. O "Ministério da Guerra", como o pai lhe chamava. Quando chegámos a Jesusalém, já ali se guardavam armas e munições. Zacaria escolheu aquele compartimento para se instalar. Naquela mesma cubata, o militar me surpreendeu decifrando os rótulos dos contentores.

— *Isso não se lê, miúdo* — admoestou o ex-militar.

— *Não se lê? Mas parecem letras...*

— *Parecem, mas não são. Isso é russo, e a língua russa nem os russos sabem ler...*

Num gesto brusco, Zacaria rasgou os rótulos. Depois, entregou-me outros, que retirou de uma gaveta e que, segundo ele, eram a tradução que o Ministério da Defesa fizera dos originais em russo.

— *Você lê apenas estes papéis que são em puro português.*

— *Me ensine a ler, Zaca.*

— *Se quiser aprender, aprenda sozinho.*
Aprender sozinho? Impossível. Mais impossível, porém, seria esperar que Zacaria me ensinasse fosse o que fosse. Ele sabia das ordens de meu pai. Em Jesusalém não entrava livro, nem caderno, nem nada que fosse parente da escrita.
— *Pois eu o ensino a ler.*
Foi o que, mais tarde, disse Ntunzi. Recusei. Era demasiado arriscado. O meu irmão já me estreara a ver, no rio, o outro lado do mundo. Não podia imaginar como reagiria o velho Silvestre caso soubesse das transgressões do seu primogénito.
— *Eu o ensino a ler* — repetiu ostensivamente.
E foi assim que começaram as primeiras lições. Uns aprendem por cartilhas, em salas de aula. Eu me iniciei soletrando receitas de guerra. A minha primeira escola era um paiol. As aulas ocorriam na penumbra do armazém, nos longos períodos em que Zacaria estava ausente, aos tiros pelo mato.
Eu já juntava palavras, tecendo frases e parágrafos. Rapidamente notei que, em vez de ler, a minha tendência era entoar como se estivesse perante pauta de música. Não lia, cantava, redobrando a desobediência.
— *Não tem medo de sermos apanhados, Ntunzi?*
— *Você deve ter medo é de não saber. Depois da leitura, vou ensinar-lhe a escrever.*
Não tardou que começassem as clandestinas lições da escrita. Um pequeno graveto rabiscava na areia do quintal e eu, deslumbrado, sentia que o mundo renascia como a savana depois das chuvas. Aos poucos, eu

entendia as interdições de Silvestre: a escrita era uma ponte entre tempos passados e futuros, tempos que, em mim, nunca chegaram a existir.

— *É o meu nome este?*

— *Sim. Está escrito M-w-a-n-i-t-o. Não consegue ler?*

Nunca disse a Ntunzi, mas tinha, na altura, a impressão de que não aprendia com ele. A minha verdadeira professora era Dordalma. Quanto mais decifrava as palavras, minha mãe, nos sonhos, ganhava voz e corpo. O rio me fazia ver o outro lado do mundo. A escrita me devolvia o rosto perdido de minha mãe.

Na seguinte visita de Aproximado, Ntunzi roubou-lhe o lápis que ele usava para anotar as nossas encomendas. Cerimonioso, meu irmão rodopiou o lápis na ponta dos dedos e disse-me:

— *Esconda bem. Esta é a sua arma.*

— *E escrevo onde? Escrevo no chão?* — perguntei, sempre em sussurro.

Que ele já tinha pensado no assunto, respondeu Ntunzi. E retirou-se. Pouco depois, reapareceu trazendo um baralho de cartas.

— *Este será o seu caderno escolar. Se o velho aparece, fazemos de conta que estamos a jogar.*

— *Escrever no baralho?*

— *Há outro papel por aqui?*

— *Mas com o baralho que nós jogamos?*

— *Exatamente por isso: o pai nunca irá desconfiar. Já fazemos batota no jogo. Agora, faremos batota na vida.*

Foi dessa maneira que estreei o meu primeiro diário. Foi também assim que ases e valetes, damas e reis, duques e manilhas passaram a partilhar os meus segredos. Os rabiscos minúsculos encheram copas, paus, ouros e espadas. Nesses cinquenta e dois quadradinhos verti uma infância de queixumes, esperanças e confissões. No jogo com Ntunzi, sempre perdi. No jogo com a escrita, perdi-me sempre.

Todas as noites, depois das anotações, embrulhava o baralho de cartas e o enterrava no quintal. Regressava ao quarto e ficava espreitando, com inveja, o rosto adormecido de Ntunzi. Eu já aprendera a vislumbrar as líquidas luzes do rio, já sabia viajar por letrinhas como se cada uma fosse uma estrada infinita. Mas ainda me faltava sonhar e lembrar: eu queria esse barco que conduzia Ntunzi para os braços da nossa falecida. Certa vez, a raiva acumulada extravasou:

— *O pai diz que é mentira, diz que você não sonha com a mãe.*

Ntunzi olhou-me com pena, como se eu fosse desvalido e o meu órgão de sonhar tivesse sido mutilado.

— *Quer sonhar? Vai ter que rezar, maninho.*
— *Rezar? Não sabe que o pai...*
— *Esqueça o pai. E é se quiser sonhar.*
— *Mas eu nunca rezei. Nem sei como se faz...*
— *Dê-me uma das cartinhas, eu escrevo uma oração para você decorar. Vai ver que, depois, começa a sonhar.*

Desenterrei o baralho e estendi-lhe um ás de ouros. Em redor do losango vermelho haveria espaço para ele rabiscar as sagradas palavras.

— *Essa não, dê-me antes uma dama. É que esta é uma oração a Nossa Senhora.*

Guardei aquela carta como o mais precioso bem que iria possuir em toda a minha vida. Quando me ajoelhava junto à cama, o meu coração atrapalhava a pequena oração. Até que, um dia, o militar Zacaria me surpreendeu com a ladainha nos lábios.

— *Está a cantar, Mwanito?*

— *Nada, Zaca. É russo, aprendi dos rótulos que restaram.*

A minha mentira não tinha perna. Zacaria, sim, ele nos espiava a mando de Silvestre. De imediato, fomos convocados. Meu pai tinha já preparada a acusação contra Ntunzi:

— *Foi você que ensinou o seu irmão mais novo.*

Antevendo a violência, acorri em socorro do meu irmão:

— *Aprendi sem que Ntunzi soubesse.*

— *Aqui ninguém reza!*

— *Mas, pai, qual é o mal?* — questionou Ntunzi.

— *Rezar é chamar visitas.*

— *Mas que visitas, se ninguém mais há no mundo?*

— *Há o Tio...* — emendei, contemporizador.

— *Cale-se, quem o mandou falar?* — gritou o meu irmão.

O velho Silvestre sorriu, agradado com os modos desesperados do filho mais velho. Estava isento de intervir, o filho estava sendo punido de outro modo. Ntunzi notou a satisfação paterna e respirou fundo para se controlar. A voz já estava modulada quando voltou a falar:

— Que visitas podemos nós ter? Explique-nos, pai.
— Há visitas que nem se dá conta. São anjos e demónios que chegam sem pedir licença...
— Anjos ou demónios?
— Anjos ou demónios, a diferença não está neles. Apenas está em nós.

O braço erguido de Silvestre não deixava margem para dúvidas: a conversa já tinha ultrapassado os limites. Ficava claro, nunca mais haveria oração. Era o ponto final, a resolução única e indiscutível.

— E você! — proclamou o pai apontando para mim: — Não o quero ouvir mais nenhuma vez a chorar.
— Quando é que chorei, pai?
— Agora mesmo, estava a choramingar.

E já se retirava, quando Ntunzi manifestou querer ser dono da última deixa. E inquiriu, enfrentando os olhos arregalados de Silvestre:

— Nem rezar nem chorar?
— Chorar ou rezar é a mesma coisa.

***

Na noite seguinte, fui desperto pelo rugido dos leões. Estavam perto, talvez rondassem o curral. No escuro do quarto, me abracei a mim mesmo para adormecer. Ntunzi dormia a sono solto e eu, incapaz de domar o medo, fui procurar abrigo debaixo da cama de meu pai. Naquela clandestina intimidade, abraçado ao frio do chão, me embalei com o ressonar dele. Pouco depois, porém, fui surpreendido e ele me expulsou com severidade.

— *Pai, por favor, me deixe, só uma vez, dormir junto consigo.*

— *Onde se dorme junto é no cemitério.*

Regressei ao meu leito, desprotegido, escutando, agora mais próximos, os rugidos dos felinos. Naquele momento, tropeçando indefeso pelo escuro, odiei pela primeira vez o meu velho. Quando me anichei na cama, a fúria me fervia no peito.

— *Vamos matá-lo?*

Ntunzi se apoiava na cama sobre o cotovelo e aguardava a minha resposta. Esperou em vão. A voz se me havia afogado na garganta. Ele insistiu:

— *O cabrão matou a nossa mãe.*

Sacudi a cabeça, em desesperada negação. Não queria ouvir. E suspirei para que os rugidos dos leões se voltassem a escutar e se sobrepusessem à voz do meu irmão.

— *Não acredita?*

— *Não* — murmurei.

— *Não acredita em mim?*

— *Talvez.*

— *Talvez?*

Esse "talvez" me sobrou como um peso na consciência. Como podia admitir a possibilidade de meu pai ser um assassino? Durante tempos tentei aliviar-me dessa culpa. E congeminei atenuantes: se algo tinha sucedido, meu pai deve ter agido contra a sua vontade. Talvez tivesse sido, quem sabe, em ilegítima defesa? Ou talvez tivesse matado por amor e, na execução do crime, morrera ele mesmo pela metade?

A verdade é que, no trono absoluto da sua solidão, meu pai se desencontrava com o juízo, fugido do mundo e dos outros, mas incapaz de escapar de si mesmo. Talvez fosse esse desespero que o fazia entregar a uma religião pessoal, uma interpretação muito própria do sagrado. Em geral, o serviço de Deus é perdoar os nossos pecados. Para Silvestre, a existência de Deus servia para O culparmos pelos pecados humanos. Nessa fé às avessas não havia rezas, nem rituais: uma simples cruz à entrada do acampamento orientava a chegada de Deus ao nosso sítio. E a placa de boas-vindas, encimando o crucifixo: "Seja bem-vindo, ilustre visitante!" .

— *É para Deus saber que já lhe perdoámos.*

A esperança da aparição divina suscitava no meu irmão um sorriso de desdém:

— *Deus? Aqui é tão longe, que Deus se perde no caminho.*

***

A caminho do rio, na manhã seguinte, fomos surpreendidos não por celestiais criaturas, mas por meu pai soprando fúrias. Trazia com ele Zacaria Kalash que se manteve apartado enquanto Silvestre se preparava para ser possuído pela violência.

— *Eu sei o que andam a fazer no rio. Os dois, todos nus...*

— *Não fazemos nada, pai* — acorri, estranhando a insinuação.

— *Não se meta, Mwanito. Vá para casa com o Zaca.*

Por sobre o meu pranto, ainda escutei as pancadas que Silvestre destinava no seu próprio filho. Kalash ainda fez menção de voltar atrás. Porém, ele acabou me empurrando para o escuro do quarto. Nessa noite, Ntunzi dormiu amarrado ao curral. Quando amanheceu ele estava doente, tremendo de febre. Foi Zacaria que atravessou a neblina e o trouxe nos braços para o quarto, já Ntunzinho roçava o seu próprio fim. A luz era ainda miudinha e eu escutava, rodopiando pelo quarto, os passos aflitos de Silvestre, de Zacaria e do Tio Aproximado. Mais manhã, não pude continuar fingindo que dormia. Ntunzi, meu único irmão, único vizinho da minha meninice estava-se afastando para os aléns. Saí do quarto e munido de um varapau comecei a escrever na areia do terreiro, em redor da casa. E escrevi, escrevi freneticamente como se quisesse ocupar toda a paisagem com os meus rabiscos. O chão em volta se ia convertendo numa página onde semeava a espera de um milagre. Era uma súplica para que Deus apressasse a sua vinda a Jesusalém e salvasse meu pobre irmão. Exausto, adormeci, deitado sobre os meus próprios rabiscos.

Era já dia alto, Zacaria Kalash me sacou do sono, puxando-me pelo cotovelo:

— *Seu irmão está a arder. Ajude-me a levá-lo ao rio.*

— *Desculpa, Zacaria, não é melhor ser o pai a fazer isto?*

— *Não diga nada, Mwanito, eu sei o que estou a fazer.*

O rio era a última cura. Eu e o militar transportámos Ntunzi no carrinho de mão, as pernas bamboleantes pareciam já terem falecido. Zacaria mergulhou o corpo inerte de meu pobre irmão nas águas, fazendo-o emergir e submergir sete vezes na corrente. Aconteceu, contudo, que o Ntunzi não melhorou, nem as febres deixaram de queimar seu definhado corpo.

Perante o previsível desfecho, Tio Aproximado quis levar o menino para um hospital da cidade.

— *Peço-lhe, mano Silvestre. Regresse à cidade.*
— *Qual cidade? Não há cidade nenhuma.*
— *Acabe com isto. Esta loucura não pode durar mais tempo.*
— *Não há nada para acabar.*
— *Você já conhece a dor da viuvez. Mas você não aguentaria a morte de um filho.*
— *Deixe-me ficar sozinho.*
— *Se ele morrer você nunca mais ficará sozinho. Será a sua segunda má companhia...*

Silvestre conteve-se a custo. O cunhado tinha ido longe demais. Meu pai segurou os braços da cadeira com tais ganas que parecia que, ao inverso, a madeira é que o estava prendendo ao assento. Aos poucos, distendeu o peito, num longo suspiro:

— *Pois eu lhe pergunto, meu caro Orlando, aliás meu caro cunhado: você tem-se lavado à entrada de Jesusalém?*
— *Nem respondo.*

— Essa doença de Ntunzi foi você que a trouxe.
Suspendeu o Tio pelos colarinhos e o fez chocalhar dentro da roupa. Saberia o parente por que motivo a família havia, até então, escapado a feras, serpentes, enfermidades e acidentes? A razão era simples: em Jesusalém, não havia mortos, não havia risco de tropeçar nem em campa, nem em choro de viúvo, nem em lamento de órfão. Ali não havia nenhuma saudade de nada. Em Jesusalém, a Vida não tinha que pedir desculpa a ninguém. Nem ele, naquele momento, se sentia obrigado a mais explicações.
— E pode voltar à podridão da cidade. Vá-se daqui.

***

Aproximado ainda dormiu connosco essa noite. Antes de ele adormecer, aproximei-me do seu leito, decidido a fazer uma confissão:
— Tio, eu acho que a culpa é minha.
— Culpa de quê?
— Fui eu que fiz adoecer Ntunzinho.
A minha culpa era a seguinte: eu tinha feito coro com o seu desejo de matarmos o nosso velho. A mão redonda de Aproximado pousou na minha cabeça e ele sorriu com bondade:
— Vou contar-lhe uma história.
E falou de um incerto pai que não sabia dar tamanho ao amor pelo seu filho. Certa vez registou-se um incêndio no casebre em que viviam. O homem pegou

no menino ao colo e se afastou da tragédia, caminhando pela noite fora. Deve ter superado o limite deste mundo pois quando, por fim, decidiu colocá-lo no chão, reparou que já não havia terra. Restava um vazio entre vazios, rompidas nuvens entre desmaiados céus. Para si mesmo, o homem concluiu:

— *Agora, só no meu colo meu filho encontrará chão.*

Nunca esse menino se apercebeu que o imenso território onde depois viveu, cresceu e fez filhos não era senão o regaço do seu velho progenitor. Muitos anos depois, quando abria a sepultura do pai, chamou o seu filho e lhe disse:

— *Vê a terra, filho? Parece areia, pedras e torrões. Mas são braços e abraços.*

Afaguei a mão do Tio, regressei ao meu leito para, durante toda a noite, não pregar olho. Vigiava o pesado respirar de Ntunzi. E foi então que notei que ele estava regressando à vida. De súbito, as suas mãos tatearam o escuro à procura de algo. E soltou-se o gemido, quase adivinhado:

— *Água!*

Acudi, represando a emoção. Aproximado despertou e acendeu uma lanterna. O foco de luz logo se desviou de nós e foi errando pelo corredor. No instante seguinte, os três adultos entraram no quarto e se precipitaram sobre o leito de Ntunzi. A mão tremente de Silvestre buscou o rosto do filho e viu que não estava febril.

— *O rio o salvou* — exclamou Zacaria.

O militar se ajoelhou junto ao leito e tomou a mão de Ntunzi. Os outros dois adultos, Aproximado e Silvestre, ficaram de pé, enfrentando-se em silêncio. De rompante, eles se abraçaram. A lanterna tombou e apenas as suas pernas eram visíveis, em nervosos passos para trás e para diante. Parecia uma desajeitada dança entre dois cegos. Pela primeira vez, Silvestre tratou o cunhado por irmão:

— *Desculpe, meu irmão.*
— *Se esse meu sobrinho morresse, você já não teria mais nenhum outro lugar para viver...*
— *Você sabe bem quanto eu cuido destes meninos. Os meus filhos são a minha última vida.*
— *Não é assim que você os ajuda.*

Não é segurando nas asas que se ajuda um pássaro a voar. O pássaro voa simplesmente porque o deixam ser pássaro. Foi assim que falou o Tio Aproximado. E depois partiu, engolido pelo escuro.

Meu irmão, Ntunzi

Não me procures ali
onde os vivos visitam
os chamados mortos.
Procura-me dentro das grandes águas.
Nas praças,
num fogo coração,
entre cavalos, cães,
nos arrozais, no arroio,
ou junto aos pássaros
ou espelhada num outro alguém,
subindo um duro caminho.

Pedra, semente, sal passos da vida.
Procura-me ali.
Viva.

Hilda Hilst

Meu irmão Ntunzi vivia num só sonho: escapar de Jesusalém. Ele conhecera o mundo, vivera na cidade, lembrava-se da nossa mãe. Tudo isso eu invejava nele. Vezes sem conta lhe pedia que me desse notícias desse universo que eu desconhecia e, de cada vez, ele se demorava em detalhes, cores e iluminações. Os seus olhos brilhavam, crescidos de sonhos. Ntunzi era o meu cinema.

Por incrível que pareça, quem o encorajara na arte de contar histórias tinha sido o nosso pai. Silvestre achava que uma boa história era uma arma mais pode-

rosa que fuzil ou navalha. Mas isso tinha sido antes da nossa chegada a Jesusalém. Naquele tempo, ante as queixas de conflitos na escola, Silvestre incentivava Ntunzi: "Se te ameaçam de pancada, responde com uma história".
— *O pai falava assim?* — perguntei, surpreso.
— *Falava.*
— *E resultou?* — perguntei.
— *Fartei-me de apanhar.*
Sorriu. Mas era um riso triste porque a verdade é que, no presente, que história haveria para inventar? Que história pode ser criada sem lágrima, sem canto, sem livro e sem reza? Meu irmão cinzenteava-se, envelhecendo a olhos vistos. Certa vez, ele se lamentou de modo estranho:
— *Neste mundo existem os vivos e os mortos. E existimos nós, os que não temos viagem.*
Ntunzi sofria porque se lembrava, tinha termos de comparação. Para mim, aquela reclusão era menos penosa: eu nunca tinha saboreado outras vivências.
Às vezes, lhe perguntava sobre a nossa mãe. Esse era o seu momento. Ntunzi se inflamava como fogueira em lenha seca. E se encenava todo, imitando os modos e a voz de Dordalma, adicionando sempre uma pitada de novas revelações.
Das vezes em que eu, por distração, me abstivesse de lhe encomendar essas visitações, ele, pronto, reagia:
— *Então, não me pergunta pela mamã?*
E uma vez mais voltava a acender lembranças. No final da representação, Ntunzi definhava como sucede

com a euforia dos embriagados. Sabendo desse desfecho triste, eu interrompia o seu teatro para lhe perguntar:

— *E as outras, mano? Como são as outras mulheres?*

Então, uma nova luz lhe brilhava nos olhos. E ele dava uma volta sobre si mesmo, como se recolhesse aos bastidores de um imaginário palco e regressasse à cena para imitar os trejeitos das mulheres. Armava a camisa a simular o volume dos seios, rebolava as nádegas e rodopiava como galinha tonta pelo quarto. E caíamos na cama, mortos de riso.

Uma vez, Ntunzi confessou-me uma antiga paixão, mais delirada que vivida. Nem de outro modo poderia ser: ele saíra da cidade com apenas onze anos de idade. As mulheres, Ntunzi as sonhava com tal ardor que elas se tornavam mais reais que as de carne e osso. Certa vez, nessa alucinada realidade, ele encontrou uma mulher de mil belezas.

Quando a aparecida lhe tocou no braço e ele a fitou, um frio o golpeou: a moça não tinha olhos. No lugar das órbitas, o que se vislumbrava eram dois vazios, dois poços sem paredes nem fundo.

— *O que aconteceu com seus olhos?* — tremeluziram-lhe as palavras.

— *O que têm os meus olhos?*

— *Bom, não os vejo.*

Ela sorriu, espantada com o embaraço dele. Que ele devia estar nervoso, incapaz de acertar as visões.

— *Os olhos de quem se ama nunca se veem.*

— *Entendo* — afirmou Ntunzi, recuando às mil cautelas.

— *Tem medo de mim, Ntunzito?*
Mais um passo atrás e Ntunzi se desamparou num abismo e ainda hoje ele está tombando, tombando, tombando. Para meu irmão o ensinamento era claro. A cegueira é o destino de quem se deixa tomar de assalto pela paixão: deixamos de ver quem amamos. Em vez disso, o apaixonado fita o abismo de si mesmo.
— *Mulheres são como as ilhas: sempre longe, mas ofuscando todo o mar em redor.*
Para mim, tudo aquilo era um amontoar de brumas que apenas adensava o mistério em redor da Mulher. Tardes inteiras fitava as damas desenhadas nas cartas, a pensar que, se aquelas reproduções fossem fiéis, os delírios de Ntunzi não tinham nenhum fundamento. Elas eram tão másculas e secas como Zacaria Kalash.
— *Às vezes, as mulheres sangram* — disse, certa vez, o irmão.
Estranhei. Sangram? Todos sangramos; por que razão Ntunzi invocava aquele atributo?
— *A mulher não precisa de ferida, ela nasceu com um rasgão dentro.*
Silvestre Vitalício, quando lhe endereçei a questão, respondeu: a mulher foi ferida por Deus. E acrescentou: foi golpeada quando Deus escolheu ser homem.
— *A mãe também sangrava?*
— *Não, a mãe não.*
— *Nem quando morreu?*
— *Nem.*
A visão de um riacho de sangue fluindo do corpo de Silvestre me assaltou o sonho, nessa noite. Chovia

sangue e o rio se avermelhava, meu pai se afogava nessa inundação.

E me afundava nas águas para resgatar o seu corpo. E esse corpo cabia nos meus braços, diminuído e frágil, como o de um recém-nascido. Em mim ecoava a imprecisa voz de Silvestre:

— *Sou macho, mas sangro como as mulheres.*

***

Certa vez, o pai entrou no nosso quarto e surpreendeu o meu irmão fazendo teatro, em animada imitação daquilo que chamou de uma "farfalhuda mulher". Os olhos de Silvestre se avermelharam, em injeção de ódio:

— *Você está a imitar quem? Hem, quem?*

E bateu-lhe com tal violência que o mano se apartou dos sentidos. Coloquei-me entre os dois, ofereci o meu corpo para aplacar a fúria paterna e gritei:

— *Pai, não faça isso, o mano já quase morreu tantas vezes...*

E era verdade: depois de ter ardido em febre, meu irmão passou a sofrer de ataques. Ntunzi começava por se arredondar, olhos bêbados, pernas bambando como bailarina cega. Depois, subitamente, desabava no chão. Nessas alturas, eu corria a pedir socorro e Silvestre Vitalício se aproximava vagaroso, repetindo não sei se uma sentença se um diagnóstico:

— *Queimadura de alma!*

Nosso velho pai tinha a sua explicação para os

achaques: demasiada alma. Doença que se apanha na cidade, concluía. E resmungava, dedo em riste:

— *Foi onde o seu irmão apanhou essa porcaria. Foi lá, na maldita cidade.*

A terapêutica era simples e eficaz. De cada vez que Ntunzi sofresse de convulsões, meu pai assentava-lhe os dois joelhos sobre o peito e, usando os dedos como gumes de faca, aplicava sobre a garganta uma pressão crescente. Parecia que o ia asfixiar mas, de repente, meu irmão vazava como um balão furado, os ares fluindo pelos lábios que emitiam um ruído parecido com o relinchar da jumenta Jezibela. Quando Ntunzi já estava vazio, meu pai se inclinava até lhe roçar o rosto, e sussurrava, solene:

— *Este é o sopro da Vida.*

Aspirava uma generosa golfada de ar e soprava forte sobre a boca de Ntunzi. E quando o filho já estrebuchava, ele concluía triunfante:

— *Eu é que vos pari.*

Nunca esquecêssemos, repetia. A respiração era ofegante, o olhar em desafio, enquanto reiterava:

— *A vossa mãe pode-vos ter tirado do escuro. Mas eu vos pari muito mais vezes que ela.*

Triunfalmente, se retirava do nosso quarto. Pouco depois, Ntunzi retomava a lucidez e passava longamente as mãos pelas pernas como que a certificar-se se estavam intactas. E assim ficava, de costas para mim, a reganhar existência. Certa vez, notei o estremeção da tristeza em suas costas. Ntunzi chorava.

— *O que foi, mano?*

— *É tudo mentira.*
— *Mentira quê?*
— *Eu não me lembro.*
— *Não se lembra?*
— *Não me lembro da mamã. Eu não consigo lembrar-me dela...*

De todas as vezes que ele a representara, em tão vivo teatro, tinha sido puro fingimento. Os mortos não morrem quando deixam de viver, mas quando os votamos ao esquecimento. Dordalma falecera definitivamente e, para Ntunzi, se extinguira para sempre o tempo em que ele tinha sido menino, filho de um mundo que com ele nascia.

— *Agora, meu mano, agora é que somos órfãos.*

Talvez Ntunzi, a partir daquela noite, se sentisse órfão. Para mim, porém, o sentimento era mais suportável: eu nunca tinha tido mãe. Eu era filho apenas de Silvestre Vitalício. Por essa razão, não podia ceder aos convites que meu mano diariamente me endereçava: que eu devia odiar o nosso progenitor. E que devia desejar a sua morte tanto quanto ele a desejava.

* * *

Fosse da doença, fosse do desespero, Ntunzi mudou o seu comportamento. Sem o falso alimento das lembranças, ele azedou, cheio de fel. Um ritual passou a ocupar as suas noites: empacotava criteriosamente os poucos haveres numa velha mala que, depois, ocultava por trás do armário:

— *Não deixe nunca o pai ver isto.*

De manhã cedo, a mesma mala sobre os pés, Ntunzi ficava contemplando longamente um velhíssimo mapa que Tio Aproximado em segredo lhe ofertara. O dedo indicador percorria e repercorria o papel impresso, como embriagada canoa vogando imaginários rios. Depois, com mil cuidados, dobrava o mapa e arrumava-o no fundo da mala.

Numa ocasião, enquanto ele fechava os cadeados, ousei:

— *Mano?*
— *Não diga nada.*
— *Quer ajuda?*
— *Ajuda para quê?*
— *Ora, para arrumar a mala...*

Empoleirados na cadeira, empurrámos a mala para cima do armário enquanto Ntunzi murmurava:

— *Cabrão, velho assassino!*

* * *

Noites depois, Ntunzi adormeceu embalado na leitura do mapa. O interdito guia de viagens escorregou e se anichou ao lado da almofada. Foi nesse lugar que meu pai o encontrou, na manhã seguinte. A fúria de Silvestre nos fez saltar do leito:

— *De onde vem esta porcaria?*

Silvestre não esperou pela resposta. Rasgou o velho mapa e voltou a rasgar os pedaços menores e assim prosseguiu até que parecia dilacerar os próprios dedos. No chão iam tombando cidades, serras, lagoas e estradas de papel. O planisfério desmoronava no soalho do meu quarto.

Ntunzi ficou boquiaberto, especado, como se a sua própria alma estivesse sendo esquartejada. Inspirou fundo e resmungou imperceptíveis palavras. O pai, porém, já estava de saída, gritando:

— *Ninguém toca em nada! O Zacaria é que vai limpar essa merda.*

Pouco depois, o militar irrompeu pelo quarto, empunhando uma vassoura. Mas não varreu. Apanhou um por um os pedacitos de papel e lançou-os no ar como se faz aos búzios da adivinhação. A papelada borboleteou e se espalhou pelo chão em caprichosos desenhos. Zacaria leu esses desenhos e, passado um tempo, chamou-me:

— *Venha, Mwanito, venha ver...*

O militar estava sentado no meio de uma constelação de papelinhos de cores. Aproximei-me enquanto ele apontava, dedo tremente:

— *Veja, essa aqui é a nossa visita.*
— *Não vejo nada. Que visita?*
— *Daquela que há-de vir.*
— *Não entendo, Zaca.*
— *A nossa paz vai acabar, aqui em Jesusalém.*

***

Na manhã seguinte, Ntunzi acordou determinado: iria fugir, mesmo que não houvesse mais nenhum outro lugar. A última agressão do nosso pai o tinha conduzido à decisão.

— *Vou partir. Fugir daqui, para sempre.*

A mala pendente em sua mão reforçava o quanto irrevogável era o seu desígnio. Corri a pegar-lhe nas mãos e implorei:

— *Leve-me consigo, Ntunzi.*

— *Você fica.*

E foi-se afastando, passo lesto, pelo caminho. Atrás dele, eu chorava, inconsolável, repetindo, entre ranhos e soluços:

— *Eu vou consigo.*

— *Você fica, depois venho-o buscar.*

— *Não me deixe sozinho, por favor, maninho.*

— *Está dito.*

Andámos horas, ignorando perigos. Quando chegámos, enfim, ao portão de saída, o meu coração sobrepulou. Estremeci, aterrado. Nunca nos aventurámos tão longe. Era ali que ficava a cabana em que vivia Tio Aproximado. Entrámos: estava vazia. Pelo que se nos dava a ver, havia muito que ninguém ali vivia. Ainda quis vasculhar o recinto, mas Ntunzi estava com pressa. A liberdade estava ali, a uns metros, e ele correu a abrir as portadas de madeira.

Quando o portão se escancarou, vimos que a tão proclamada estrada não passava de um magro trilho, quase indistinto, invadido pelo capim e pelos morros de muchém. Todavia, para Ntunzi o atalhozito surgia como uma avenida cruzando o centro do universo. Aquele estreito fiozinho alimentava a ilusão de haver um lado de lá.

— *Até que enfim!* — suspirou Ntunzi.

Com a palma da mão tocou a terra com o jeito de carícia que usara nas mulheres que, em seu teatrinho, ele inventara. De joelhos, voltei a implorar:

— *Mano, não me deixe sozinho.*

— *Você não entende, Mwanito. Lá aonde vou é que não há ninguém. Eu é que vou ficar sozinho... ou não acredita no seu querido pai?*

O tom era sarcástico: o meu irmão se vingava de ser eu o filho preferido. Com um empurrão, me afastou para trás e fechou as portadas sobre si mesmo. Fiquei espreitando entre as tábuas, olhos rasos de água. Não estava apenas assistindo à partida do meu único companheiro de infância. Era parte de mim que se apartava. Para ele, aquela era a festa de todos os princípios. Para mim, era um desnascimento.

E vi como Ntunzi erguia os braços num "V" de vitória, saboreando o seu momento de ave em estreia de céu. Para ele, aquela era a festa de todos princípios. Ficou um tempo balanceando para trás e para a frente, tomando decisão, como quem se equilibra em limiar de desfiladeiro. Em bicos dos pés dançaricava, fosse mais um mergulho que um passo que ele de si mesmo esperava. Me perguntei: por que razão demorava ele tanto a partir? E, então, duvidei: será que ele queria eternizar o instante? Ou usufruía a felicidade de haver porta e de a poder fechar atrás de si?

Mas aconteceu o seguinte: em lugar do almejado passo em frente, meu irmão se vergou como que atingido por um invisível golpe que lhe tivesse quebrado os joelhos. Caiu sobre as próprias mãos e ali se deixou ficar, em postura de bicho. Rastejava, em círculos, fungando entre as poeiras.

De pronto, saltei a cerca para acudir. E me deu dó: amarrado ao chão, Ntunzi se resumia a duas lágrimas.

— *Cabrão! Grande filho da puta!*
— *Então, mano!? Se levante, vá.*
— *Não consigo. Não consigo.*

Tentei erguê-lo. Era um peso de pedras. Ainda caminhámos assim, ombro no ombro, arrastando-nos como se houvesse um rio e evoluíssemos contra a corrente.

— *Vou chamar ajuda!*
— *Que ajuda?*
— *Vou procurar pelo Tio.*
— *Está maluco? Vá a casa e traga a padiola. Eu espero.*

O medo faz dilatar as distâncias. Sob os meus pés as léguas pareciam multiplicar-se. Fui ao acampamento e trouxe comigo o carrinho de mão. Essa era a padiola onde o meu irmão seria transportado de volta a casa. Sobrando do carrinho, em todo o trajeto, as suas pernas balançavam, ocas e estéreis, como as de aranhiço morto. Derrotado, Ntunzi ladainhava:

— *Eu sei o que isto é... Isto é feitiço...*

Era feitiço, sim. Mas não lançado por meu pai. Era o pior dos maus-olhados: aquele que lançamos sobre nós próprios.

***

Meu mano voltou a adoecer depois da frustrada fuga. Internou-se no quarto, deitou-se enroscado e puxou uma manta a tapar o corpo inteiro. Ficou assim dias, cabeça oculta sob o cobertor. Sabíamos que estava vivo porque o víamos tremer, como se estivesse convulso.

Aos poucos foi perdendo peso, os ossos picando-lhe a pele. Uma vez mais, meu pai se preocupou:

— *Então, filho, o que se passa?*

Ntunzi ripostou com pacificados modos, tão suaves que eu mesmo me surpreendi:

— *Estou cansado, pai.*

— *Cansado de quê? Se você não faz nada, de manhã à noite?*

— *Não viver é o que mais cansa.*

Gradualmente, surgia claro: Ntunzi entrava em greve de existir. Mais grave que qualquer doença, era essa total desistência dele. Nessa tarde, meu pai se demorou no leito do seu primeiro filho. Destapou a manta e inspecionou-lhe o resto de corpo. Ntunzi transpirava tanto que o lençol pingava, encharcado.

— *Filho?*

— *Sim, pai.*

— *Lembra-se que eu lhe dizia para inventar histórias? Pois invente uma agora.*

— *Não tenho força.*

— *Tente.*

— *Pior que não saber contar histórias, pai, é não ter ninguém a quem as contar.*

— *Eu escuto a sua história.*

— *O pai já foi um bom contador de histórias. Agora é uma história mal contada.*

Engoli em seco. A voz de Ntunzi, apesar de sumida, era firme. E tinha, sobretudo, a tranquilidade do fim das coisas. Meu pai não reagiu. Cabisbaixo, se afundou como se, também ele, tivesse abdicado. Um de nós estaria morrendo e seria culpa sua. O velho Silvestre ergueu-se e rodopiou pelo quarto, andando em círculos até que o ciciar de Ntunzi, de novo, se fez adivinhar:

— *Mano Mwana, faça-me um favor... Vá ao muro das traseiras e risque mais uma estrelinha.*

Pus-me a caminho, sentindo os passos de meu pai atrás de mim. Dirigi-me às ruínas do antigo refeitório e apenas fiz pausa quando vi pela frente um enorme muro que havia sido incendiado e preservava a cor negra chamuscada. Nesse paredão, com uma pedrinha, eu desenhei uma estrela. Escutei a voz do pai atrás de mim:

— *Que raio de coisa é esta?*

A parede escura estava povoada de milhares de estrelinhas que Ntunzi diariamente rabiscava, como obra de prisioneiro na parede do cárcere.

— *Este é o céu de Ntunzi, cada estrela é um dia.*

Não posso ter certeza, mas pareceu-me ver os olhos do meu pai serem invadidos por uma inesperada água. Dentro dele se rasgava um dique, borbotoavam velhos prantos que durante anos soubera conter? Nunca poderei estar certo. Porque, no instante seguinte, ele empunhou uma pá e com ela começou a raspar a parede. A lâmina de metal fazia saltar a camada enegrecida onde Ntunzi redigira a passagem do tempo. Silvestre Vitalício demorou-se nessa destruidora labuta. Quando terminou, estava coberto de placas de tinta escura, e ele, exausto, retomou o caminho como se fosse um réptil de escamas negras.

O Tio Aproximado

Alguém diz:
"Aqui antigamente houve roseiras" —
Então as horas
Afastam-se estrangeiras,
Como se o tempo fosse feito de demoras.

Sophia de Mello Breyner Andresen

Quando nos conduziu ao acampamento, há oito anos, o ex-Orlando Macara não acreditava que o seu cunhado, o futuro Silvestre, se iria manter fiel à decisão de emigrar para sempre da sua própria vida. Nem ele suspeitava que o seu nome se iria reconverter em Tio Aproximado. Talvez preferisse o tratamento que os sobrinhos antes lhe dirigiam: Tio Madrinho. Nada disso passava pela cabeça do nosso parente quando nos trouxe até à coutada. Era fim de tarde, Aproximado desceu do carro, apontou a extensa mata e disse:

— *Esta é a vossa nova casa.*

— *Que casa?* — perguntou o meu irmão, enquanto varria com o olhar a paisagem bravia.

Meu pai, ainda sentado no veículo, corrigiu:

— *Casa, não. Este é o nosso país.*

No início, o Tio chegou mesmo a morar connosco. A estada durou umas tantas semanas. Antigo fiscal de caça, Aproximado tinha ficado desempregado por razões da guerra. Agora, que já nem mundo havia, tinha tempo para gastar onde bem desejasse. Por isso, no período em que ficou connosco, meteu mão no fazer e refazer do casario, reparou portas, janelas e tetos, transferiu chapas de zinco e desmatou em volta do acampamento. A savana gosta muito é de comer casas, desumanizar castelos. A grande boca da terra já tinha devorado parte das habitações e fendas profundas se abriam nas paredes como cicatrizes. Dezenas de cobras foram mortas no interior e nas imediações das arruinadas casas. O único edifício que não foi reabilitado foi a casa da administração que ocupava o centro do acampamento. Essa residência — que passámos a chamar de "casa grande" — estava amaldiçoada. Dizem que ali fora assassinado o último português a dirigir a coutada. Morrera dentro do edifício e as ossadas ainda deviam jazer entre as decadentes mobílias.

Nessas semanas iniciais, meu velho encontrava-se num estado apático, alheio à intensa azáfama em seu redor. De um afazer apenas ele se ocupava: construir um enorme crucifixo na pequena praça frente à casa grande.

— *É para não entrar mais ninguém.*
— *Mas não é você que diz que somos os últimos?*
— *Não falo dos vivos* — precisou ele.

Assim que colocou a tabuleta sobre a cruz, o nosso velho convocou-nos a todos e sacerdotou a cerimónia do nosso rebatismo. Foi então que Orlando Macara deixou de ser o nosso Tio Madrinho. A nova designação dava conta de como ele não era irmão de sangue de Dordalma. Era, como dizia Silvestre, um cunhado em segundo grau. Nascera adotado e toda a vida se manteria nessa condição de criatura estranha e estrangeira. Aproximado podia falar com os parentes, mas nunca teve conversa com os antepassados da família.

Terminaram essas semanas iniciais, o nosso bom Tio foi viver longe, inventando ter-se instalado na casa do guarda, à entrada do parque. Sempre suspeitei que essa residência não fosse verdadeira. A frustrada fuga de Ntunzi tinha provado: o esconderijo de Aproximado seria mais longe, em plena cidade morta. Eu o adivinhava abutreando entre ruínas e cinzas.

— *Nada disso* — contrariava Ntunzi —, *o Tio vive realmente na cabana da entrada. Ele está ali, a mando do pai, vigiando a entrada.*

O serviço dele era o seguinte: protegia o isolamento do cunhado, culpado do assassínio de nossa mãe. Aproximado tinha as armas apontadas para fora, e, quem sabe, já tinha morto uns agentes da polícia que tentaram procurar Silvestre. Essa era a razão por que, de quando em vez, se escutavam disparos ao longe. E não eram apenas os tiros com que o militar Zacaria abatia os animais que, à noite, compunham o nosso jantar. Esses tiros eram outros, com outros fins. Zacaria Kalash era um segundo guarda prisional.

— *São todos cúmplices, esses dois são muito triplos* — garantia Ntunzi. — *É o sangue que os liga, sim, mas é o sangue dos outros.*

Morasse onde morasse, a verdade é que Aproximado nos visitava apenas para nos abastecer de bens, roupas, remédios. Havia, contudo, uma lista de importações interditas que era encabeçada por livros, jornais, revistas e fotos. Seriam todas elas publicações velhas e sem atualidade. Apesar dessa caducidade estavam interditas. Na ausência de imagens do Lado-de-Lá, a nossa imaginação se alimentava das histórias que, às escondidas de meu pai, o Tio Aproximado nos contava.

— *Tio, diga-nos lá, como anda o mundo?*
— *Não há nenhum mundo, sobrinhitos, vosso pai não está cansado de vos repetir?*
— *Vá lá, Tio...*
— *Você sabe, Ntunzi, você já esteve lá.*
— *Saí há tanto tempo!*

Aquele diálogo me aborrecia. Não gostava que lembrassem que o meu irmão já vivera nesse outro lado, que ele conhecera a mãe, que ele sabia como eram as mulheres.

***

Sem nos falar do mundo, Aproximado acabava nos contando histórias e essas histórias, sem que ele soubesse, nos traziam não apenas um mas muitos mundos. Para o Tio, haver alguém que lhe prestava atenção era a gratidão devolvida.

— *Sempre me admirei que alguém me escutasse.*

Enquanto falava, ele se deslocava, para lá e para cá, e só então dávamos conta que tinha uma perna mais magra e curta. O nosso visitante, me fosse perdoado, parecia o valete de paus. Por erro ou pressa na confeção, não houvera espaço para lhe desenhar nem pescoço nem pernas. Se apresentava tão gordito que os pés não tinham pontas. E assim de tão redondo que era, parecia tão alto de pé como de joelhos. Tímido, dobrando-se em respeitosas vénias como se, em todo lado, houvesse uma porta demasiado baixa. Aproximado discursava sem nunca abandonar seus modos comedidos como se fosse sempre engano, como se a sua existência fosse já uma indiscrição.

— *Tio, nos fale de nossa mãe.*
— *Vossa mãe?*
— *Sim, por favor, nos conte como ela era.*

A tentação era demasiada. Aproximado regredia para voltar a ser Orlando, e lhe apetecia viajar por lembranças da sua meia-irmã. Espreitava os quatro cantos da paisagem, a inspecionar a presença de Silvestre.

— *Onde anda esse Silvestrão?*
— *Foi ao rio, podemos falar.*

E Aproximado escorria e discorria. Dordalma, que Deus guarde as suas almas, era a mais bela das mulheres. Não era escura como ele. Herdara a clareza de seu pai, um mulatozito da Muchatazina. O nosso pai conheceu Dordalma e ficou preso.

— *Acha possível que nosso pai não tenha saudades?*
— *Ora, ora: quem sabe o que é a saudade?*
— *Ele tem ou não tem?*
— *Saudade é esperar que a farinha se refaça em grão.*

E ficava filosofando sobre a definição de saudade. Tudo são nomes, dizia. Nomes e mais nada. Nós que víssemos o caso da borboleta: será que ela precisa de asas para voar? Ou não será que o nome que lhe damos é, ele mesmo, um bater de asas? E era assim, lento e rendilhado, que Aproximado ludibriava as respostas.

— *Tio, deixe-se disso, fale connosco. Diga-nos, por exemplo: Silvestre e Dordalma, eles se amavam?*

No início, eles se davam como vento e vela, lençol e pescoço. Às vezes, deve ser dito, se atiçavam em dois dedos de desconversa. Silvestre, todos sabem como ele é: teimoso como agulha de bússola. Aos poucos, Dordalma se enclausurou num mundo só dela, triste e calada como a bravia pedra.

— *E como faleceu a nossa mãe?*

E resposta não havia. Aproximado se esquivava: que ele, na altura, estava ausente da cidade. Chegara a casa e já a tragédia se tinha consumado. Após receber as condolências, nosso pai falou-lhe assim:

— *Viúvo é só um outro nome que se dá a um morto. Eu vou escolher um cemitério, o meu, pessoal, onde me irei enterrando.*

— *Não fale assim. Quer ir viver onde?*

— *Não sei, já não há lugar nenhum.*

A cidade desmoronara, o Tempo implodira, o futuro ficara soterrado. O meio-irmão de Dordalma ainda o chamou à razão: quem sai do seu lugar, nunca a si mesmo regressa.

— *Você não tem filhos, cunhado. Não sabe o que é entregar um filho a este mundo podre.*

— *Mas não lhe resta nenhuma esperança, mano Silvestre?*

— *Esperança? O que perdi foi a confiança.*
Quem perde esperança foge. Quem perde confiança esconde-se. E ele queria as duas coisas: fugir e esconder-se. Mas nunca suspeitássemos de haver em Silvestre um sentimento de desamor.
— *Vosso pai é um homem bom. A sua bondade é a de um anjo que não sabe onde está Deus. É só isso.*
Em toda a sua vida, teve um único desempenho: ser pai. E todo o bom pai enfrenta a mesma tentação: guardar para si os filhos, fora do mundo, longe do tempo.

***

Certa vez, Tio Aproximado chegou de manhã cedo, contrariando as instruções de que apenas em final do dia podia desembarcar em Jesusalém. Em circunstâncias normais, o Tio desacertava nos passos e as pernas pareciam obedecer a duas alheias vontades.
— *Coxeio não por defeito, mas por cautela* — dizia ele.
Desta vez, ele esquecera as cautelas. A pressa era o único comandante do seu corpo.
Meu pai estava ocupado remendando o teto de nossa casa. Eu segurava a escada onde ele se empoleirava. O Tio rodopiou em redor e exclamou:
— *Meu cunhado, desça. Tenho as novidades.*
— *As novidades acabaram há muito.*
— *Peço-lhe que desça, Silvestre Vitalício.*
— *Desço quando for o tempo de descer.*
— *Morreu o presidente!*

No topo dos degraus, todo o gesto ficou suspenso. Foram, contudo, escassos segundos. Logo a seguir, senti as escadas vibrarem: meu velho iniciava a descida. Em solo firme, ele se encostou à parede e se distraiu a limpar o suor que lhe escorria do rosto. Meu Tio acercou-se:
— Ouviu o que lhe disse?
— Ouvi.
— Foi num acidente.
Num gesto alheio, Silvestre continuou limpando o rosto. Com a palma da mão fez uma pala na testa e espreitou o lugar onde estivera empoleirado.
— *Espero que deixe de chover lá dentro* — afirmou, dobrando meticulosamente o pano com que se limpara.
— *Escutou o que lhe disse? Que morreu o presidente?*
— *Já tinha morrido antes.*
E entrou. O Tio Aproximado ficou pontapeando as pedras do átrio. A raiva é apenas um modo diverso de chorar. Conservei-me distante, fingindo que arrumava as ferramentas. Ninguém se deve aproximar de um homem que faz de conta que não chora.

Aproximado tomou, então, a instantânea decisão. Foi ao paiol e chamou por Zacaria. À porta da cubata, conversaram em voz baixa. A notícia deixou o ex-militar fora de si. Não tardou que, desvairado, empunhasse uma espingarda que reviravolteou no ar em ameaças gerais. Cruzou a praceta em frente das nossas casas, gritando sem parar:
— *Mataram-lhe! Sacanas, mataram-lhe!*

E desandou em direção ao rio e os berros foram-se atenuando até se escutarem de novo as cigarras. Quando tudo parecia já acalmado, meu pai abriu, de rompante, a porta do seu quarto e dirigiu-se ao cunhado:
— *Viu o que fez? Quem mandou dar-lhe a notícia?*
— *Eu falo com quem bem entendo.*
— *Pois não fala com mais ninguém em Jesusalém.*
— *Jesusalém não existe. Não existe em nenhum mapa, só no mapa da sua loucura. Não existe Silvestre nenhum, não existe Aproximado, nem Ntunzi, nem...*
— *Cale-se!*
As mãos de Silvestre repuxaram a camisa de Aproximado. Receámos o pior. Mas o velho Vitalício não deu corpo à sua raiva senão pela áspera sentença:
— *Vá-se embora, seu perneta! E não venha mais, não tenho mais encomenda para si.*
— *Levo meu camião e nunca mais volto.*
— *Além disso, não quero viaturas passando por aqui, deixam a Terra em carne viva.*
Aproximado retirou do bolso o molho de chaves e demorou a escolher a que lhe iria dar acesso à viatura. Aquela demora era a sua resposta de honra. Sairia, sim, mas escolhendo o tempo. Eu e Ntunzi corremos a tentar a dissuasão.
— *Tio, por favor, não vá!*
— *Nunca ouviram falar do provérbio: quem quer vestir-se de lobo fica sem a pele?*
Não entendemos o adágio, mas compreendemos que nada o deteria. Já sentado na viatura, o Tio arras-

tou o lenço pela fronte como se o seu desejo fosse arrancar a pele ou aumentar a já farta calvície. E o ruído da camioneta abafou as nossas despedidas.

***

As semanas que passaram, depois disso, se derramaram sobre nós como um óleo espesso. Aos poucos, os mantimentos iam escasseando e nós dependíamos quase exclusivamente da carne que Zacaria nos trazia, já cozinhada, ao fim do dia. A horta pouco mais produzia que incomestíveis capins. Valeram-nos os silvestres frutos sem nome.

Nesse enquanto, Ntunzi se ocupou em desenhar um novo mapa e eu passava tardes inteiras junto ao rio como se o curso de água me curasse de uma invisível ferida.

Um dia, porém, escutámos o tão desejado ruído da viatura. Aproximado regressara. Na praceta, ele travou com aparato, fazendo erguer uma nuvem de poeira. Sem nos cumprimentar, deu a volta ao veículo e abriu as portadas da carrinha. E começou a descarregar caixas, grades e sacos. Zacaria ergueu-se para ajudar, mas as ríspidas palavras de Silvestre o fizeram parar.

— *Deixe-se estar sentado. Nada disso é para nós.*

Aproximado descarregou a viatura sem ajuda de ninguém. No final, sentou-se em cima de uma caixa e suspirou cansado:

— *Trouxe isto tudo.*

— *Pode levar de volta* — ripostou meu pai. — *Ninguém lhe pediu nada.*
— *Não é nada para si. É tudo destinado aos miúdos.*
— *Vai levar tudo de volta. E você, Zaca Kalash, ajude a carregar essa porcaria toda na carrinha.*

O ajudante começou por abraçar uma caixa, mas não a chegou a erguer. O nosso Tio, acrescido de inesperada voz, contra-ordenou:

— *Deixe isso, Zaca!* — E virando-se para o meu velho suplicou: — *Silvestre... Silvestre, me escute, por favor: eu tenho notícias graves para transmitir...*
— *Morreu outro presidente?*
— *É a sério. Tenho notado movimentos junto ao portão.*
— *Movimentos?*
— *Há alguém do outro lado.*

Esperávamos que meu pai negasse peremptoriamente. Todavia, ele ficou em silêncio, surpreso, pela veemência da declaração do seu parente. Surpreendemo-nos quando Silvestre apontou a cadeira vaga e disse:

— *Sente-se, mas não demore. Eu tenho muito que fazer. Fale lá...*
— *Eu acho que chegou o tempo. Já chega! Vamos voltar, Mateus Ventura, os miúdos...*
— *Não há aqui nenhum Mateus.*
— *Venha-se embora, Silvestre. Não são apenas os miúdos, eu também não aguento mais.*
— *Se não aguenta, vá-se embora. Podem ir todos, eu fico.*

Silêncio. O meu pai olhou o céu como se procurasse

companhia para a futura estada. Depois, os seus olhos pousaram demoradamente em Zacaria Kalash.

— *E você?* — perguntou meu pai.

— *Eu?*

— *Sim, você, camarada Zacaria Kalash. Quer ficar ou ir embora?*

— *Eu faço o que você fizer.*

Zacaria falou e nada mais havia a dizer. Um ligeiro bater de calcanhares e ele se retirou. Aproximado puxou o seu banco para junto de Silvestre e açucarou a voz para continuação de conversa.

— *Eu preciso entender, cunhado: por que razão insiste em ficar aqui? Foi problema na Igreja?*

— *Na Igreja?*

— *Sim, conte-me, eu preciso entender.*

— *Para mim, há muito que não há nenhuma Igreja.*

— *Não diga isso...*

— *Pois digo e repito. De que vale ter crença em Deus se perdemos a fé nos homens?*

— *Foi problema de política?*

— *Política? A política morreu, foram os políticos que a mataram. Agora, restou apenas a guerra.*

— *Assim não dá para falarmos. Você anda em círculos, vagueando por palavras.*

— *É por isso que eu digo: vá-se embora.*

— *Pense nos seus filhos. Pense, sobretudo, em Ntunzi que está doente.*

— *Ntunzi está melhor, ele não precisa das suas mentiras para ficar bem...*

— *Isto aqui, esta merda de Jesusalém, isto é que é uma grande mentira* — bradou Aproximado, a mostrar que ali terminava a conversa.

O visitante afastou-se mancando mais que o costume. Parecia que tombava simultaneamente para os dois lados. Como se o desalento evidenciasse o seu congénito defeito.

— *Vá coxear longe, seu anormal.*

Silvestre inspirou fundo, aliviado. Fazia-lhe falta insultar alguém. É verdade que ele maltratava Zacaria. Mas o ajudante era um pequeno. Que gozo dá insultar um pequeno?

Zacaria Kalash, o militar

[...]
As coisas há muito já foram vividas:
Há no ar espaços extintos
A forma gravada em vazio
Das vozes e dos gestos que outrora aqui estavam.
E as minhas mãos não podem prender nada.

Sophia de Mello Breyner Andresen

— *Vão saltar, já vos mostro.*
Os dedos zelosos de Zacaria comprimiam os músculos da perna de encontro ao osso. Subitamente, da carne saltavam pedaços de metal que tombavam e rodopiavam pelo chão.
— *São balas* — proclamava Zacaria Kalash com orgulho.
Na ponta dos dedos erguia-as uma por uma e anunciava o calibre e as circunstâncias em que tinha sido alvejado. Cada uma das quatro balas tinha a sua própria proveniência.
— *Esta, a da perna, ganhei na Guerra Colonial. A da coxa veio da guerra com Ian Smith. Esta, no braço, é desta guerra de agora...*
— *E a outra?*
— *Que outra?*
— *Essa no ombro.*
— *Essa já não me lembro.*
— *Mentira, Zacaria. Conta lá.*

— Estou a falar a sério. Mesma das outras eu nem sempre lembro bem.

Limpava os projéteis na manga da camisa e voltava a introduzi-los na carne, usando os dedos como se empurrasse o êmbolo de uma seringa.

— Sabe por que nunca me separo das minhas balas?

Sabíamos. Mas fazíamos de conta que escutávamos pela primeira vez. Como ao ditado que ele mesmo inventara e que rezava: queres conhecer um homem, espreita-lhe as cicatrizes.

— Estes são os avessos dos meus umbigos. Por aqui — e apontava os buracos —, por aqui se escapou a morte.

— Deixe as balas, Zaca, nós queremos saber de outras coisas.

— Que outras coisas? Eu só tenho sabedorias de bicho: pressinto mortes e sangues.

***

Depois da convalescença de meu irmão, Silvestre Vitalício acreditou que mudanças radicais deveriam ocorrer em Jesusalém. E decidiu: eu e Ntunzi fomos, por um tempo, viver com Zacaria Kalash. Para desnuvearmos os espíritos e, ao mesmo tempo, aprendermos os enigmas da vivência e os segredos da sobrevivência. Se Zacaria nos faltasse, nós o substituiríamos nas vitais atividades da caça.

— *Faça-os chafurdar na lama* — ordenara meu velho.

Era suposto percorrermos os atalhos bravios, iniciarmo-nos nas artes de farejar e perseguir os bichos, dominarmos as secretas linguagens das árvores. Todavia, Zacaria esquivava-se a ser nosso mestre. O que ele queria era contar histórias de caça, falar sem conversar, escutar-se a si mesmo para deixar de ouvir os seus fantasmas. Mas nós reclamávamos por outros motivos de conversação.

— *Fale-nos do nosso passado.*
— *Minha vida é casa de toupeira: quatro buracos, quatro almas. Que conversa vocês querem?*
— *Da nossa mãe, dos namoros dela com o pai.*
— *Isso não, isso nunca.*

A reação de Zacaria nos pareceu excessiva. O homem berrou, com as mãos cruzadas à frente do peito e repetindo sem parar:

— *Isso não.*

Neto de soldado, filho de sargento, ele mesmo não tendo sido outra coisa senão um militar. Não lhe viessem com tretas de coração, amores e saudadezinhas. Homem é bicho morredouro, que adora a Vida mas gosta mais ainda de não deixar viver.

— *Você ainda se sente um militar. Confesse, Zaca, tem saudade de quartel?*

O homem acariciava o jaquetão militar que sempre envergava. Os dedos ganhavam sono sobre o cano da espingarda. Só depois ele falava: não é a farda que compõe o militar. É a jura. Que ele não era daqueles que, por medo da Vida, se alistam em exército. Ser militar foi, como dizia ele, decorrência da corrente. Na sua língua materna nem havia palavra para dizer soldado. Dizia-se "massodja", termo roubado ao inglês.

— *Nunca tive causas, a minha bandeira sempre fui eu mesmo.*

— *Mas, Zaca, você não se lembra de nossa mãe?*

— *Não gosto de antiguar os tempos. Minha cabeça é de curto alcance.*

Ernestinho Sobra, agora renomeado Zacaria Kalash, atravessara mortes e tiroteios. Escapara de tiros, escapara de toda a recordação. Pelas perfurações do corpo lhe tinham fugido as lembranças.

— *Nunca fui bom de lembrar, sou assim de nascença.*

O Tio Aproximado foi quem desvendou esse esquecimento: por que motivo Zacaria não se lembrava de nenhuma guerra? Porque ele lutara sempre do lado errado. Foi assim desde sempre na sua família: o avô lutara contra Gungunhana, o pai se alistara na polícia colonial e ele mesmo combatera pelos portugueses na luta de libertação nacional.

Para o Tio Aproximado, nosso parente visitante, aquela amnésia não merecia senão desprezo. Um militar sem lembrança de guerra é como prostituta que se diz virgem. Era isso que Aproximado, sem panos mornos, atirava à cara de Zacaria. Porém, o militar fazia ouvidos de mercador e jamais ripostava. Com angelical sorriso, desviava a conversa para o vazio de assunto onde se sentia à vontade:

— Às vezes pergunto: quantas balas haverá neste mundo?
— Zaca, ninguém quer saber disso...
— Será que, na guerra, houve mais balas que pessoas?
— Isso não sei — respondia Ntunzi. — Hoje em dia, com certeza que há: bastam seis balas para exterminar a humanidade. Você tem seis balas?

Sorrindo, Zacaria apontava as caixas. Estavam cheias de munições. Eram mais que suficientes para exterminar várias humanidades. Todos se riam menos eu. Porque me pesava o sentimento de viver entre memórias e esquecimentos de guerras. A pólvora fazia parte da nossa Natureza, como assegurava o desmemoriado militar:

— Um dia vou semear essas minhas balas. Planto-as por aí...
— Por que saiu da cidade, Zaca? Por que veio connosco?
— Lá andava fazendo o quê? Cavando buracos no vazio.

E cuspia enquanto falava. Desculpava-se nos modos. Ele era um homem corrigido. Cuspia apenas para não ficar com o gosto de si mesmo.

— Eu sou o meu veneno.

De noite, a língua se desdobrava, à moda da serpente. Acordava com o sabor da peçonha na boca, como se tivesse sido beijado pelo diabo. Tudo porque o dormir do soldado é um lento desfilar de mortos. Acordava como vivia: tão solitário que ele consigo mesmo conversava apenas para não esquecer a fala humana.

— *Mas, Zacaria: e você não tem saudade da cidade?*
— *Nada.*
— *Nem saudade de ninguém?*
— *Sempre vivi em guerra. Aqui é a minha primeira paz...*

Não voltaria para a cidade. Não queria, como dizia, viver entre ordem e ordenado. Que víssemos como ele fazia em Jesusalém: o seu dormir era de galinha-do-mato. No ramo da árvore com medo do chão. Mas nos ramos mais baixos com receio de cair.

* * *

Zacaria Kalash não se recordava da guerra. Mas a guerra lembrava-se dele. E martirizava-o com a reedição de velhos traumas. Quando trovejava ele saía para o descampado, tresloucado, aos berros:
— *Filhos das putas, filhos das putas!*

Em redor, os bichos se manifestavam e até a Jezibela zurrava em desespero. Não clamavam contra a tempestade. Era o furor de Zacaria que os apoquentava.
— *Ele fica assim por causa do estrondo do trovão* — explicava Silvestre. Era isso que o alvoroçava: a lembrança dos rebentamentos. O ribombar das nuvens não era um ruído: era o reabrir de antigas feridas. As balas esquecemos, as guerras não.

* * *

Meu pai nos mandara viver para o paiol e as verdadeiras razões, para mim, tinham a ver com Ntunzi e a necessidade de ele se distrair. Uma hierarquia natural destinava para Ntunzi uma espingarda e para mim uma simples fisga. Dos velhos pneus do camião, Zacaria me ensinou a improvisar os elásticos e a construir a arma de mortífero alcance. A pedra projetada num silvo e, num súbito, o voo da ave se derrubava, atingido pelo seu próprio peso. Aquela era a minha pedra de rapina.
— Você mata, você come.
Era o mando de Zaca. Todavia, eu me perguntava: podia uma avezita tão colorida, tão chilreinante, ser parte do prato da gente comer?
— *A única coisa que posso ensinar, a si e ao Ntunzi, é não falhar no tiro. A felicidade é uma questão de pontaria.*
— Você não sente pena de matar?
— Eu não mato, eu caço.
Os bichos, dizia, eram seus irmãos.
— *Hoje sou eu o predador, amanhã devoram-me eles* — argumentava.
Ser bom de ponto de mira não é uma habilidade: é uma caridade. Afinal, a sua pontaria era suicida: sempre que matava um bicho era em si mesmo que mais acertava. E nessa manhã Zacaria deveria, uma vez mais, disparar sobre si próprio: o nosso pai ordenara que trouxéssemos uma peça para o jantar.
— *Tio Aproximado vai chegar e vamos recebê-lo de prato e copo cheio.*
Essa era a razão por que nos embrenhámos no mato

em perseguição da imbabala, o antílope que ladra e morde como um cão. O militar seguiu à frente e as suas mãos nos transmitiam ordens. De vez em quando Zacaria se detinha e se colocava de joelhos no chão. Depois, abria um buraco, se agachava e falava para essa abertura, sussurrando impercetíveis segredos.

— *A terra vai-me dizer onde estão os bichos de casco.*

E de novo lá partíamos, seguindo trilhos que apenas a Zacaria iam sendo revelados. Fazia quase meio-dia e o calor nos obrigou a uma sombra. Ntunzi se derramou em pleno chão e ali se vingou do sonolento cansaço.

— *Me acordem um dia destes* — solicitou.

Para mim, foi inesperado: o militar se ergueu e fez do seu casaco uma almofada para acomodar o sono de Ntunzi. Aquelas atenções nunca as imaginara em Jesusalém. Regressado à sombra do "ntondo", Zacaria enroscou um moroso cigarro como se o gosto maior fosse o enrolar e não o fumar. Aos poucos se afeiçoou ao tronco e prazeirou o olhar no alto da folhagem.

— *Esta árvore responde bem à terra* — disse.

A fisga dormia em sua mão, atenta, porém, às moventes sombras. As aves, sempre passageiras. O caçador não recebe nunca repouso por inteiro. Metade da alma, esse lado felino, está sempre na emboscada.

— *Sempre caçador, hem?*

— *O quê? Só por causa dessa fisga? Ora, isto é só para me sentir criança.*

E parecia vacilar perante o sono, derrubado por um

cansaço de nem querer mexer os olhos. O calor a pino era tanto que só ter corpo era um insuportável estorvo.
— *Você nunca teve mulher, Zaca?*
— *Sempre vivi de saltitar, sem nunca criar alma. Este mundo, meu filho, só dá pouso para abutre.*
Que se soubesse, o militar nunca teve mulher nem filho. Kalash justificava-se. Há pessoas que são como a lenha: boas para ficar juntas. Há outras que são como os ovos: sempre às dúzias. Ele não. Tinha o jeito da imbabala: vagueando sempre sem companhia. Costume que lhe ficou das guerras. Por maior que seja o pelotão, o soldado vive sempre sozinho. Morrendo em coletivo, sepultado mais que em vala comum: em cadáver comum. Mas não vivendo senão na solidão.

* * *

Sob a sombra do "ntondo", parecia que todos tínhamos resvalado no sono. De repente, porém, o militar se ergueu, impulsionado por uma mola interior. Apontou a arma e o disparo rasgou para sempre o silêncio. Um restolhar entre os arbustos e atropelámo-nos, em corrida, a recolher o alvejado antílope. Mas o bicho não estava onde seria de esperar. Escapara entre a vegetação. No chão, um rasto de sangue indicava o seu trajeto. Foi então que testemunhámos a inesperada transformação em Kalash. Ele tonteou, pálido e, para evitar tombar, sentou-se sobre uma pedra.
— *Sigam vocês o rasto.*
— *Nós sozinhos?*

— *Levem a espingarda. Você, Ntunzi, dispare.*
— *Mas não vai connosco, Zacaria?*
— *Não sou capaz.*
— *Está doente?*
— *Nunca fui capaz.*

O experimentado caçador e militar de muitas guerras vacilava no disparo final? Zacaria nos explicou, então, que ele não era capaz de enfrentar o sangue nem a agonia das presas. Ou o tiro era certeiro e a morte pronta ou ele desistia, arrependido.

— *O sangue me faz ser mulher, não digam a vosso pai...*

Ntunzi levou a espingarda e, pouco depois, escutámos os tiros. Não demorou que ele surgisse arrastando o animal. A partir desse dia, Ntunzi tomou o gosto da pólvora. Levantava-se antes de amanhecer e seguia pelo mato, feliz como Adão antes de perder a costela.

***

Enquanto Ntunzi se reaprendia caçador, a mim, o ser pastor foi o que mais me deu gosto. Manhã cedo, levava as cabras a pastar.

— *Toda a terra é caminho para a cabra. E todo o chão é pasto. Não há bicho mais sábio —* comentava Zaca.

Sabedoria da cabra é imitar a pedra para viver. Certa vez, enquanto eu o ajudava a recolher o gado no curral, Zacaria confessou: que havia, sim, uma lembrança que o visitava de forma recorrente. Essa recor-

dação era a seguinte: durante a Guerra Colonial, uma ocasião, ele viu chegar ao quartel um soldado ferido. Hoje ele sabe: os soldados estão sempre feridos. A guerra fere mesmo os que nunca saíram em batalha. Pois esse soldado não passava de um menino, esse soldadinho sofria do seguinte mal: sempre que tossia lhe saía pela boca uma torrente de balas. Essa tosse era contagiosa: era preciso afastar-se. A Zacaria não lhe apeteceu apenas afastar-se do quartel. Ele quis emigrar do tempo de todas as guerras.
— *Ainda bem que o mundo acabou. Agora, recebo ordens é do mato.*
— *E do pai?*
— *Sem ofensa, vosso pai faz parte do mato.*
Eu estava no caminho inverso de Zaca: um dia seria bicho. Como é que, tão longe de gente, nós ainda éramos homens? Essa era a minha dúvida.
— *Não pense assim. Lá na cidade é que nós nos bichamos.*
No momento, não avaliava o quanto o militar estava certo. Mas hoje, sei: quanto mais inabitável, mais o mundo fica povoado.

***

Havia muito que deixara de entender Zacaria Kalash. As dúvidas começavam na razão do antigo nome. Ernestinho Sobra. Porquê Sobra? A razão, afinal, era simples: ele era uma sobra humana, um resto anatómico, uma pendência de alma. Sabíamos, mas não falávamos: Zacaria tinha ficado diminuído por rebentamento de mina. O engenho explodiu, o soldado Sobra levantou voo, em tosca imitação de pássaro. Foi encontrado chorando, sem saber como caminhar. Ainda procuraram, em vão, algum dano no corpo. A explosão tinha danificado a totalidade da sua alma.

Mas as dúvidas sobre a humanidade de Zacaria iam mais longe. Nas noites sem luar, por exemplo, ele disparava a espingarda para o ar, como se estivesse cumprindo salvas.

— *O que faço? Estou a fazer estrelas.*

As estrelas, dizia ele, são buracos no céu. Os incontáveis astros não passavam disso, de buracos que ele abrira, a tiro, no alvo escuro do firmamento.

Certas noites, as mais estreladas, Zacaria nos chamava para ver o espetáculo dos céus. Reclamávamos, ensonados:

— *Mas nós estamos fartos de ver...*

— *Vocês não entendem. Não é para vocês verem. É para serem vistos.*

— *É por isso que você dorme fora de casa?*

— *Isso são outras razões.*

— *Mas não é perigoso, dormir assim ao relento?*

— *Eu já fui bicho. Ainda estou a aprender a ser pessoa.*

Nós não entendíamos Jesusalém, dizia Kalash.

— *As coisas, aqui, são pessoas* — explicou.

Queixávamo-nos que estávamos sós? Porém, tudo em nosso redor eram pessoas, humanas criaturas vertidas em pedras, em árvores, em bichos. E até em rio.

— *Você, Mwanito, faça como eu: cumprimente as coisas quando passa perto delas. Assim terá sossego. Assim poderá dormir em qualquer relento.*

Os meus medos noturnos se dissipariam se passasse a saudar arbustos e rochas. Nunca cheguei a provar a eficácia da receita de Zacaria Kalash, até porque ele, em dado momento, se eclipsou.

***

Aconteceu a seguir à inesperada aparição do Tio Aproximado. Ao fim da tarde escutámos passos junto ao paiol, e Zacaria se engatinhou, arma em riste, pronto a disparar. O militar ciciou para o meu irmão:

— *Isso é um bicho ferido, vem a coxear, dispara você, Ntunzi...*

E escutámos a inconfundível voz do nosso parente, por detrás das moitas:

— *Dispara a puta que pariu! Calma lá, sou eu...*
— *Não ouvi a camioneta* — disse ele.
— *Avariou-se à entrada. Vim a pé todo este bocado.*

Aproximado cumprimentou, sentou, sombreou, bebeu. Levou tempo até que falasse:

— *Venho do Lado-de-Lá.*
— *Trouxe coisas?* — perguntei, curioso.
— *Sim. Mas não vim aqui por isso. Venho aqui para dizer uma coisa.*
— *O que é, Tio?*
— *A guerra terminou.*

Encheu o cantil e regressou ao acampamento. Ainda escutámos a camioneta a extinguir-se na distância. Assim que o silêncio regressou, Zacaria ordenou a Ntunzi que devolvesse a arma. Meu irmão recusou com veemência:

— *Foi o pai que mandou que eu treinasse...*
— *O seu pai manda no mundo, eu mando nas armas.*

A voz de Kalash estava alterada, as palavras pareciam raspar-lhe na garganta. Ele guardou a arma no paiol e fechou o edifício, todo chaveado. Ainda o vimos ir ao poço e debruçar-se como se quisesse lançar-se no abismo. Ficou assim uma meia hora. Reergueu-se com ar apreensivo e apenas nos disse:

— *Regressem ao acampamento, eu vou...*
— *Vai para onde?*

Não respondeu. Ainda escutámos os pés do militar pisando folhas secas.

***

Zacaria se retirou e, durante dias, ninguém mais o viu. Reinstalámo-nos no nosso quarto e ali ficámos com o sentimento de que todo o tempo era uma espera. Não havia sinal de Aproximado nem indício do militar. Nem sequer um ocasional disparo na distância.

Certa vez, quando levava tabaco a Jezibela, surpreendi Zacaria deitado no curral, todo barbado e mais cheiroso que um bicho.

— Como vai, Zacaria?
— Vou sem causa, venho sem coisa.
— O pai quer saber o que faz aí, tanto tempo, todo fechado?
— Estou a construir uma moça. Está a levar muito tempo porque ela é estrangeira.
— E quando prevê terminar?
— Já está feita, só falta um nome. Agora, vá-se embora, não quero pessoa nenhuma viva por aqui.
— Ele falou assim? — perguntou o pai quando regressei ao acampamento. Silvestre pediu-me que lhe reproduzisse, frase por frase, a conversa que mantivera, momentos antes, com o militar. A ruga na fronte do meu velho se afundou. Todos suspeitávamos que Zacaria detivesse ocultos poderes. Sabíamos, por exemplo, como ele pescava sem rede nem linha. Com artes de Cristo, entrava no rio até a água lhe chegar à cintura. Depois, sempre marchando, afundava os braços por uns segundos para os retirar carregados de peixes saltitando.
— O meu corpo é a minha rede — dizia.
No dia seguinte, Zacaria retornou ao serviço, já recomposto e fardado. Meu pai nada lhe perguntou. A rotina de Jesusalém parecia ter-se reinstalado: o militar saía de madrugada, espingarda às costas. De vez em quando escutavam-se tiros ao longe. Meu velho nos sossegava:
— Lá anda Zacaria nas suas maluquinações.
Não tardava que o ajudante irrompesse do horizonte, carregando um animal já esquartejado. Foi

acontecendo, porém, que disparos soavam a horas em que Zacaria estava connosco.

— *Quem são esses que agora disparam, pai?*
— *Esses disparos são ecos antigos.*
— *Explique, pai.*
— *Não estão a acontecer agora. São ecos da guerra que já acabou.*
— *Engano seu, caro Silvestre* — afirmou Zacaria.
— *Engano como?*
— *Nenhuma guerra termina nunca.*

A jumenta Jezibela

Aflição de ser eu e não ser outra.
Aflição de não ser, amor, aquela
que muitas filhas te deu, casou donzela
e à noite se prepara e se adivinha
objeto de amor, atenta e bela.

Aflição de não ser a grande ilha
que te retém e não te desespera.
(A noite como fera se avizinha)

Aflição de ser água em meio à terra
e ter a face conturbada e móvel.
E a um só tempo múltipla e imóvel

não saber se se ausenta ou se te espera.
Aflição de te amar, se te comove.
E sendo água, amor, querer ser terra.

Hilda Hilst

Apresento-vos, a fechar, a última personagem da humanidade: a nossa querida burra, de nome Jezibela. A jumenta tinha a minha idade, o que era muito para um animal da sua espécie. Contudo, Jezibela estava, como dizia o pai, na flor da idade. O segredo da sua elegância residia no tabaco que mascava. A iguaria era encomendada ao Tio Aproximado e dividida entre Zacaria e a jumenta. Aos fins da tarde, um de nós lhe levava as folhas inteiras e a burra rejubilava ante a visão, aproximando-se num trote feliz a receber as verduras. Ntunzi comentou, certa vez, como se divertia ao ver os delicados trejeitos em seus grosseiros lábios.

— *Grosseiros? Quem disse que eram grosseiros?*

Era meu velho defendendo Jezibela. Mais que o tabaco era o amor que Silvestre lhe dedicava que explicava o esplendor da burra. Nunca ninguém viu tais respeitos em caso de zoológica afeição. Os namoros sucediam aos domingos. Deve ser dito que apenas meu pai tinha ideia a quantas andávamos na semana. Às vezes, era domingo dois dias consecutivos. Dependia do seu estado de carência. Porque no último dia da semana era certo e sabido: com um ramo de flores na mão e envergando gravata vermelha, Silvestre marchava em passo solene para o curral. O homem estava desfilando para cumprir aquilo a que ele chamava "fins de infinito". A uma certa distância do curral, meu velho se anunciava, respeitoso:

— *Dá licença?*

A jumenta se dobrava para trás, com um indecifrável olhar cheio de pestanas, e o meu pai aguardava, mãos cruzadas à frente do ventre, à espera de um sinal. Que sinal seria esse, nunca soubemos. A verdade é que, num dado momento, Silvestre anunciava a sua gratidão:

— *Muito agradecido, Jezibela, trouxe estas imodestas flores...*

Ainda víamos a burra mastigando o ramo de flores. Depois, meu pai desaparecia no interior do curral. E nada mais se sabia.

* * *

Um dado domingo, as coisas não terão corrido de feição. Silvestre voltou furibundo da excursão namoradeira. Trazia raiva na ponta do pé e maldição na ponta da língua. Cabisbaixo, repetia:

— *Nunca me tinha acontecido, nunca, nunca! É que nem nunca.*

Girava em redor do quarto, chutando os parcos móveis. Uma impotente zanga de prisioneiro lhe fazia tremer a voz:

— *Isto é maldição da cabra!*

Levamos quase à letra: a cabra, por aproximação, seria Jezibela. Mas não. A cabra era a falecida. Minha mãe. Minha ex-mãe. O percalço na macheza de Vitalício tinha sido causado por mau-olhado de Dona Dordalma.

Afundado na cadeira da varanda, meu pai requereu os meus serviços de afinador de silêncios. Era final de tarde e as sombras corriam a tomar conta do mundo. Silvestre semelhava uma dessas sombras: velozmente parado. Mas não tardou que se erguesse, e num gesto brusco, comandasse:

— *Venha comigo ao curral!*

— *O que vamos fazer?*

— *Vou fazer* — corrigiu. — *Vou pedir desculpa a Jezibela. Para que ela não fique triste, coitada, a pensar que a culpa foi dela.*

Fiquei à entrada do curral, vi meu pai se abraçar ao pescoço da burra e, depois, o escuro em volta me envolveu. Uma fervência interior me impedia de ficar olhando. Eu ardia de ciúmes de Jezibela. Quando regressámos, uma faísca iluminou a savana e um estrondo enorme nos ensurdeceu. Começavam as chuvas de Novembro. Não tardaria que Zacaria saísse a injuriar os deuses.

Naquela mesma noite, o pai mandou-nos fazer guarda ao curral. E Zacaria?, perguntámos. Por que não encomendar esse serviço a quem de direito?

— *Esse gajo fica inválido quando troveja. Vão vocês, levem a lanterna.*

Jezibela estava agitada, relinchando e escoiceando. E não era por causa dos impropérios de Zacaria que já se guardava, calado, na sua cubata. A razão seria outra e era nossa missão averiguar a causa daquela agitação. Saímos, eu e Ntunzi, debaixo da intensa trovoada. A jumenta me fitou com quase humano apelo, as orelhas rebaixadas pelo medo. Dentro dos seus aveludados olhos havia uma luz intermitente, como se relampejasse dentro de sua alma.

Ntunzi se sentou, ensonado, enquanto eu acalmava a bicha. Ela foi sossegando, encostando o seu flanco ao meu corpo, procurando reconfortante apoio. Escutei a malícia em meu irmão:

— *Ela está a fazer-se, toda dengosa, Mwanito.*

— *Nada disso, Ntunzi.*

— *Vá, monta a gaja.*

— *Não ouvi.*

— *Ouviu muito bem. Vá lá, desbreguilhe-se, a gaja está desejosa de ser subida.*

— *Ora, mano, Jezibela está só com medo.*

— *Com medo está você. Vá, Mwanito, tire as calças, você nem parece filho de Silvestre Vitalício.*

Ntunzi se aproximou e me empurrou forçando-me a encostar no dorso da burra, enquanto eu implorava:
— *Não faça isso, não faça isso.*

De repente, no meio dos arvoredos, entrevi uma movente sombra, esgueirando-se, gatinhosa. Apontei, terrificado:
— *Uma leoa! É uma leoa!*
— *Vamos embora, depressa, dê-me a sua lanterna...*
— *E Jezibela? Vamos deixá-la aqui?*
— *Puta que pariu o raio da burra.*

Escutou-se, de repente, um disparo. Parecia mais um relâmpago, mas um segundo tiro não nos deixou dúvidas. Razão tinha o nosso militar: perante o tiro, certo ou falhado, toda a gente sempre morre. Por vezes, uns, sortudos, regressam, entre poeiras de susto. Foi o que sucedeu connosco. No alvoroço, Ntunzi tropeçou em mim e os dois, encharcados e enleados no chão, espreitámos por entre os capins. Zacaria Kalash tinha acertado na leoa assaltante.

A felina ainda deu uns passos bêbados, como se a morte fosse uma tontura que dá no próprio chão. Depois, tombou, com fragilidade que não condizia com o seu porte de rainha. No instante em que a leoa tombou no solo, parou de chover. Zacaria certificou-se de que estava realmente morta e, depois, se ajoelhou e falou para as alturas, pedindo que estancasse a ferida que o disparo abrira dentro de si.

Meu pai surgiu, apressado, e não se deteve em nós.

Rodou pela vedação, à procura de Jezibela, e, quando a encontrou, deteve-se a consolá-la.

— *Coitada, está toda a tremer. Esta noite ela vai dormir lá em casa.*

— Lá em casa? — se admirou Ntunzi.

— *Dormirá esta noite e as noites que forem precisas.*

Não dormiu senão aquela noite. O suficiente para Ntunzi descarregar ciúmes quando a mim se dirigiu:

— *A você, que é filho, ele nunca deixou, mas à burra é permitido dormir dentro...*

* * *

Após o acidente, o curral foi mudado para mais perto. Assim que anoitecia, fogueiras acesas em seu redor protegiam a jumenta da cobiça dos predadores.

Passaram-se semanas até que Silvestre decidiu tocar a reunir. Apressadamente nos juntámos em silêncio na praceta do crucifixo. O Tio Aproximado, que pernoitara connosco, também aguardava, perfilado a meu lado. Sobrolho carregado, o velho nos fitou um por um, espreitando-nos demoradamente os olhos. Por fim, rosnou:

— *Jezibela está grávida.*

A mim, deu-me vontade de rir. A única fêmea que vivia entre nós tinha cumprido a sua natureza. Mas o olhar gelado do meu velho matou em mim qualquer ligeireza. Tinha sido violada a regra sagrada: uma semente da humanidade acabara vencendo e ameaçava frutificar num bicho de Jesusalém.

— É assim que recomeça a putice do mundo.
— Mas desculpe, cunhado — disse Aproximado —, mas não será o senhor mesmo o autor da graça?
— Eu previno-me, o senhor bem sabe.
— Quem sabe uma vez, por acidente, nos calores da azáfama...
— Já disse que não fui eu — berrou meu velho.
A raiva o transtornava a tal ponto que a saliva já não lhe cabia na boca e os perdigotos semelhavam meteoritos quando exclamou:
— A verdade é só uma: ela está grávida. E o sacana do engravidante está aqui, entre nós.
— Juro, Silvestre, eu nunca sequer olhei para Jezibela — declarou, pungente, o militar Zacaria.
— Quem sabe o que ela tem é simples inchaço de doença? — inquiriu, tímido, Aproximado.
— É uma doença que foi causada por um filho da puta que tem três pendentes entre as pernas — rosnou meu velho.
Guardei os olhos no chão, incapaz de enfrentar a paixão de meu pai pela jumenta. A repetida ameaça nos perseguiu enquanto regressávamos ao quarto:
— Seja quem for: eu ponho-lhe os tomates zarolhos!

***

Um mês depois, Zacaria deu o alarme: durante toda a madrugada, Jezibela sangrara e se contorcera entre zurros e pinotes. Raiava a primeira luz quando ela estrebuchou. Parecia ter morrido. Afinal, apenas

tinha expulsado o feto. Zacaria segurou o novo candidato à vida e ergueu-o nos braços entre sangue e mucosidades. O militar, voz embargada, clamou:
— *Este é filho de Jesusalém!*
Assim que recebemos a notícia, nos concentrámos junto do curral, rodeando a jumenta ainda ofegante. Queríamos ver o recém-nascido, oculto na espessa pelagem da progenitora. Não chegámos a entrar no curral: a chegada intempestiva de nosso pai adiou a nossa ansiosa expetativa. Silvestre ordenou que nos afastássemos, queria ser o primeiro a enfrentar o intruso. Na cancela do curral, Zacaria se apresentou com prontidão de soldado:
— *Espreite o bebé, Silvestre, vai ver logo quem é o pai.*
Silvestre adentrou-se na obscuridade e lá se dissolveu por um tempo. Regressou alterado, passo estugado revelando um turbilhão na sua alma. Mal o nosso pai desapareceu, invadimos precipitadamente o recinto e nos ajoelhámos junto à jumenta. Assim que os nossos olhos se habituaram ao escuro, confirmámos o pequeno corpo felpudo deitado ao lado de Jezibela.

As riscas pretas e brancas, ainda que mal desenhadas, eram bem reveladoras: era um filhote de zebra. Um qualquer macho bravio tinha visitado o nosso lugar e namorado com a sua afastada parente. Ntunzi pegou no recém-nascido e o acarinhou como se fosse um ser humano. E chamou-lhe nominhos, enquanto o passeava em embalos de mãe. Nunca pensei que o meu irmão fosse capaz de tais ternuras: o bichote ganhou vantagem do seu colo e Ntunzi sorria quando murmurou:

— *Pois, lhe digo, meu bebé: seu pai deu um grande coice no coração do meu velhote.*

Nem Ntunzi sabia quanto tinha razão. Pois não tardou que Silvestre retornasse ao curral, retirasse bruscamente o bebé dos braços que o sustentavam e emitisse a ordem, com imediatos e irreversíveis efeitos:

— *Quero esse zebrão com os tomates dependurados, ouviu, Zaca?*

* * *

Nessa noite, meu pai foi ao curral e tomou em suas mãos o burrico-zebra. Jezibela seguia os seus gestos com os olhos molhados, enquanto Silvestre repetia, como se fosse um cantochão:

— *Ai, Jezi, porquê fez isso comigo? Porquê?*

Parecia que acariciava o recém-nascido. Afinal, o que as suas mãos faziam era asfixiar a frágil criatura, a zebra-mulatinha. Tomou o pequeno animal já sem vida nos braços e se afastou para longe do curral. Ele mesmo o enterrou, junto ao rio. Eu espreitava o sucedido, incapaz de intervir, incapaz de entender. Aquele terrível acontecimento ficaria, para sempre, um tropeço no meu juízo sobre as bondades do nosso pai. Ntunzi nunca veio a saber o que, nessa noite, acontecera. Ele sempre acreditou que o recém-nascido não

sobrevivera por razões naturais. A bravia natureza corrigia as listas num asno nascido em doméstico espaço.
 Quando fechou a cova, Silvestre Vitalício desceu até às águas. Iria lavar as mãos, acreditei, seguindo-o à distância. Foi quando, de súbito, o vi tombar sobre os joelhos. Fraquejava, atingido por relampejo interior? Aproximei-me, com vontade de o ajudar, mas o receio do castigo me guardou das suas vistas. Foi então que entendi: Silvestre Vitalício rezava. E ainda hoje me arrepio quando regresso a esse momento. Porque não sei se invento ou se com verdade lembro a sua súplica: "Meu Deus, guarda meus filhos como não soubeste guardar-me a mim. Agora, que nem anjos tenho, vem a Jesusalém para me dares forças...".
 De repente, meu pai se apercebeu da minha presença. Corrigiu a posição submissa, sacudiu os joelhos e perguntou:
 — *Está a deitar-me susto?*
 — *Ouvi barulho, pai. Vim ver se precisava de ajuda.*
 — *Estava a apalpar a terra: ainda está seca. Tomara que chova mais.*
 Espraiou os olhos pelas nuvens a fingir que media prenúncios de chuva. Depois suspirou e disse:
 — *Sabe, meu filho? Cometi um erro terrível.*
 Acreditei que iria confessar o crime. Afinal, meu pai se resgatava, absolvido pelo confessado remorso.
 — *E que erro foi, meu pai?*
 — *Não dei nunca um nome a este rio.*
 Essa era a sua confissão. Sumária, sem emoção. Ergueu-se e assentou a mão no meu ombro.

— Escolha você, meu filho, um nome para esse rio.
— Não sei, pai. Um nome é uma coisa muito grande para mim.
— Então, escolho eu: vai chamar-se Rio Kokwana.
— Acho bonito. O que quer dizer?
— Quer dizer "avô".

Estremeci: meu pai fraquejava face à interdição de evocar os antepassados? E tal era a delicadeza desse momento que eu nada disse, com receio que ele recuasse na sua intenção.

— O seu avô paterno rezava junto aos rios quando queria pedir chuva.
— E depois chegava a chover?
— Chove sempre depois. A reza é que pode ser feita com demasiada antecedência.

E acrescentou:
— A chuva é um rio guardado pelos defuntos.

Quem sabe o recém-nomeado rio não passasse a ser comandado por meu avô paterno? Quem sabe, desse modo, me sentisse mais cheio de companhia?

Regressei ao meu quarto, a lamparina do meu irmão estava ainda acesa. Ntunzi estava desenhando o que me pareceu ser um novo mapa. Havia setas, sinais de interdição e indefiníveis rabiscos parecidos com as letras russas. No centro desse mapa lá estava, na sua serena certeza, uma fita pintada a azul.

— É um rio?
— Sim, é o único rio do mundo.

E de repente o papel se aguou, e gotas grossas tombaram no chão. Desviando-me do charco que cobria o soalho, sentei-me no canto do seu leito. Ntunzi me admoestou:

— *Cuidado com os pés molhados, está a pingar isto tudo.*

— *Ntunzi, me diga: como é um avô?*

Para minha grande inveja, Ntunzi conhecera a inteira coleção dos avós. Talvez por pudor, nunca falava deles. Ou, quem sabe, tivesse receio que meu pai viesse a saber? Silvestre Vitalício interditava as lembranças. A família éramos nós, sem mais outros. Os Venturas não tinham antes nem depois.

— *Um avô?* — inquiriu Ntunzi.

— *Sim, me diga como é.*

— *Um avô ou uma avó?*

Tanto fazia. Na verdade, não era a primeira vez que lhe dirigia a mesma interrogação. E meu irmão nunca respondia. Ficava contando pelos dedos como se a ideia desses progenitores nascesse de delicados cálculos. Ele contava, sim, por inalgarismos.

Nessa noite, porém, Ntunzi deve ter completado a contagem. Porque foi de sua vontade que retomou o assunto, já eu arrumado entre os meus lençóis. Entre as mãos arredondava um vazio, com cuidados de quem transporta uma pequena ave.

— *Quer saber como é um avô?*

— *Sempre lhe perguntei, você nunca respondeu.*

— *Você, Mwanito, nunca viu um livro, pois não?*

E explicou-me como era composto esse tentador objeto, equiparando-o a um grande baralho de cartas.

— *Imagine cartas do tamanho de uma mão. Um*

livro é um baralho feito dessas cartas, todas coladas do mesmo lado.

O olhar dele não tinha destino quando passou a mão sobre um imaginário baralho de cartas e disse:

— *Você acaricia um livro, assim, e sabe como é um avô.*

A explicação me deixou desiludido. A ideia de um avô comandando rios me parecia muito mais instigante. Já quase adormecíamos quando me lembrei:

— *A propósito, Ntunzi, já se acabou o baralho.*
— *Acabou como? Perdeu as cartas?*
— *Não é isso. Não há mais espaço para escrever.*
— *Vou arranjar onde escrever. Amanhã já lhe trago.*

* * *

No dia seguinte, Ntunzi retirou de dentro da camisa um molho de papéis coloridos e, secamente, afirmou:

— *Pode escrever aqui.*
— *O que é isto?*
— *Isto é dinheiro. São notas.*
— *E o que faço com isto?*
— *Faz como fazia com as cartas, escreva em tudo que é espaço limpo.*
— *E estava onde este dinheiro?*
— *Como é que acha que o nosso Tio consegue as coisas que nos traz?*
— *Ele diz que são restos que simplesmente apanha nos lugares abandonados.*

— Você não sabe nada, meu irmão. Você tem idade para ser enganado, eu já tenho idade para ser aldrabado.
— Posso escrever agora?
— Agora não. Esconda bem esse dinheiro, não vá o pai apanhar-nos...

Ocultei as notas debaixo do lençol como se guardasse uma companhia para o sonho. Quando fiquei só, já Ntunzi ressonando, meus dedos estremeceram ao acariciarem o dinheiro. Sem saber por que motivo o fazia, encostei os papéis pintados ao ouvido para ver se escutava vozes. Fazia como Zacaria a escutar nos buracos da terra? Quem sabe houvesse histórias escondidas naquelas notas envelhecidas?

A única coisa que escutei, porém, foi o batucar do medo em meu peito. Aquele dinheiro era a mais secreta posse de meu velho. A sua presença constituía prova fatal da sua longa mentira. Afinal, o Lado-de-Lá estava vivo e governava as almas de Jesusalém.

Livro dois

A VISITA

Aquilo que chamam "morrer" não é senão acabar de viver e o que chamam "nascer" é começar a morrer. E aquilo que chamam "viver" é morrer vivendo. Não esperamos pela morte: vivemos com ela perpetuamente.

Jean Baudrillard

A aparição

> *Eu quero uma licença de dormir,*
> *perdão pra descansar horas a fio,*
> *sem ao menos sonhar*
> *a leve palha de um pequeno sonho.*
>
> *Quero o que antes da vida*
> *foi o sono profundo das espécies,*
> *a graça de um estado.*
> *Semente.*
> *Muito mais que raízes.*
>
> Adélia Prado

Não chegamos realmente a viver durante a maior parte da nossa vida. Desperdiçamo-nos numa espraiada letargia a que, para nosso próprio engano e consolo, chamamos existência. No resto, vamos vagalumeando, acesos apenas por breves intermitências.

Uma vida inteira pode ser virada do avesso num só dia por uma dessas intermitências. Para mim, Mwanito, aquele foi o dia. Começou de manhã, quando saí de casa para enfrentar uma ventania que, por todo lado, fazia subir remoinhos de poeira. Os turbilhões rodopiavam em caprichosas danças e, depois, se extinguiam de forma tão fantasmagórica como haviam surgido. As copas das grandes árvores varriam o chão enquanto pesados ramos se desprendiam para se estatelarem com fragor.

— *Ninguém sai por aí, às voltas...*

Era a ordem de meu pai, espreitando na janela do quarto, martirizado pelo temporal e suas labaredas de vento. Nada perturbava mais Silvestre Vitalício que as árvores se retorcendo, as ramagens ondeando como etéreas serpentes.

Desobedecendo às ordens paternas, aventurei-me pelos atalhos que uniam os nossos aposentos à casa grande. E logo me arrependi. A tempestade parecia a sublevação dos pontos cardeais. Um frio interior me percorreu: teriam fundamento os receios do meu velho? O que se passava? O chão estava cansado de ser térreo? Ou estaria Deus anunciando a sua chegada a Jesusalém?

A mão esquerda protegendo o rosto e a direita apertando as duas bandas do velho casaco, avancei pelo atalho até estacar perante a assombrada residência. Permaneci um tempo, parado, a escutar o assobio da ventania. Aquele uivo me reconfortou: eu era um órfão e o vento se lamentava como alguém que procurava perdidos parentes.

Apesar do desconforto, eu saboreava aquela desobediência como uma vingança sobre Silvestre Vitalício. No fundo, desejava que a ventania se agravasse para punir os desvarios do nosso progenitor. Apeteceu-me voltar atrás e enfrentar o velho Vitalício, defronte da janela onde ele vigiava os desmandos cósmicos.

As rajadas, entretanto, cresceram de fúria. De tal modo que a porta da frente do casarão se destrancou por si mesma. Para mim era um sinal: uma invisível mão me convidava a cruzar a linha proibida. Subi as escadas frontais e espreitei a varanda onde centenas de folhas piruetavam em tresloucada dança.

De súbito vi o corpo. Estendido no chão, um corpo humano. Um redemoinho interior me tonteou. Lancei os olhos na ansiedade de confirmar a primeira impressão. Um mar de folhas, porém, logo me toldou a visão. As minhas pernas tremeram, incapazes de movimento. Por certo me enganara, fora apenas uma miragem. Uma outra rajada, um novo rodopio das folhas mortas e, uma vez mais, a visão regressava, agora mais clara e real. O corpo se certificava, estrumado na varanda.

Desatei a correr, gritando como um possesso. Soprando na direção oposta, o vento engolia os meus gritos e apenas quando, sem fôlego, entrei em nossa casa, a minha aflição se fez escutar:

— *Uma pessoa! Uma pessoa morta!*

Silvestre e Ntunzi reparavam o cabo de uma enxada e não interromperam a tarefa. Meu irmão ergueu os olhos, sem fulgor:

— *Uma pessoa?*

Atabalhoadamente, dei detalhes da aparição. Meu pai, impávido, comentou em voz baixa:

— *Filho da puta do vento!*

Depois, pousou o martelo e perguntou:

— *Como é que ele tinha a língua?*

— *A língua?*

— Sobrava-lhe da boca?
— Pai: era um morto, estava longe. Não vi nem boca, nem língua.

Eu buscava sintonia em Ntunzi, mas ele não dizia palavra. Perante a minha convicção, porém, o pai emitiu a ordem:

— Chamem-me o Zacaria.

Ntunzi saiu correndo. Não tardou que regressasse com o militar empunhando a eterna espingarda. Em duas meias-palavras, meu velho apressou os andamentos:

— Vá lá ver o que não se passa...

Zacaria fez continência, bateu os calcanhares, mas não obedeceu de imediato. Fez um compasso, para as devidas licenças:

— Posso falar?
— Fale.
— Mwanito não deve ter visto a autêntica realidade. Foi uma desilusão ótica.
— Pode ser — anuiu Silvestre. — Mas também pode ser que seja um desses mortos antigos lá da casa. Um bicho qualquer arrastou o corpo para a varanda.
— Isso é possível. A noite passada andaram hienas a rondar.
— Pois, se assim for, enterrem-no. Enterrem o corpo, mas não debaixo de nenhuma árvore.
— Mas não vai querer saber quem é?
— Esse morto não pode ser ninguém. Vão adiantando serviço, se o vento amainar eu junto-me a vocês...
— Talvez ele vivesse aqui, em Jesusalém, e nós des-

conhecêssemos — vaticinou Ntunzi, com inesperado arrojo.

— *Está maluco? Se é que há um corpo não é de ninguém que tenha morrido. É um que sempre esteve morto, nascido já assim, sem vida.*

— Pai, desculpe, mas, para mim...

— *Chega! Não quero mais opinião. Vocês vão abrir a cova e aquele corpo, ou lá o que for, vai para dentro da terra.*

Eu, Ntunzi e Zacaria, em fila indiana, seguimos num cortejo pré-fúnebre. Ainda escutámos a voz de Silvestre, resumindo as conclusões:

— *Depois, quando parar o vento, eu irei lá me inteirar.*

O militar marchava à nossa frente, com uma pá em cada mão. Subimos a escadaria da casa grande, pé ante pé e, para meu alívio, se confirmou a visão. Entrecoberto pela folhagem jazia, em contraluz, o cadáver. Uma força oculta nos prendeu na ombreira da porta, até que Kalash segredou:

— *Eu vou lá!*

— *Não entre, Zaca!* — advertiu Ntunzi.

— *Porquê?*

— *Não estou a gostar dessa luz* — e apontou a franja de sol que escoava pelas tábuas.

Sentado nos degraus da entrada, Zacaria farejou os ares como se procurasse um aroma suspeito.

— *Não me cheira a morte* — disse ele num tom cavernoso que nos arrepiou.

E voltámos a espreitar para o fundo da varanda tentando contrariar a luz que emanava das traseiras.
— *É um homem* — garantiu o militar.
O cadáver jazia de costas sobre o soalho de madeira, como se o soalho fosse um antecipado caixão. Não se via o rosto que estava virado para o lado oposto. Uma espécie de pano lhe cobria a cabeça, amarrado por trás.
— *Parece* — disse Zaca — *um preto estrangeiro.*
— *Como sabe?*
O corpo não abraçava o chão como fazem os cadáveres indígenas. Aqueles ossos não procuravam na terra um outro ventre. Havia, é claro, o detalhe das botas. Nunca Zacaria tinha visto umas iguais.
— *Agora, já me parece um branco* — afirmou Zaca sempre espreitando da escadaria. — *Acho que a alma do gajo já começou a largar a casca.*
E deu ordem para que fôssemos, primeiro, abrindo a sepultura. Quando a cova estivesse pronta, voltaríamos a resgatar o morto. Entretanto, a luz na varanda teria mudado e estaríamos sob proteção dos maus espíritos.
E pusemo-nos a cavar, as pás abrindo a morada derradeira do estranho. Contudo, sucedeu o seguinte: o buraco nunca chegou a ficar pronto. Assim que chegávamos ao fundo, a areia soprada pelo vento recobria a cova por completo. E aconteceu uma, duas e três vezes. E à terceira vez, Zacaria atirou a pá ao chão como se tivesse sido picado por uma vespa e exclamou:

— Não gosto disto. Meninos, venham para aqui, depressa.

E nos enxotou para a sombra de uma mafurreira. Retirou da bolsa um pano branco que amarrou num tronco. As mãos tremiam-lhe tanto que foi Ntunzi quem falou:

— Eu sei em que você está a pensar, Zaca. Também sinto o mesmo.

E virando-se para mim, disse:

— Foi isto que aconteceu no funeral da mãe.

— É o mesmo feitiço — rematou Zacaria.

E me falaram, então, do que havia sucedido no dia em que minha mãe fora a enterrar. "Enterrar" é apenas um modo de dizer. Afinal, nunca há terra suficiente para enterrar uma mãe.

— Não quero coveiro.

Foi este o mando de Silvestre, gritando para ser ouvido por cima da ventania. O pó lhe feriu os olhos. Contudo, ele não semicerrou as pálpebras. As lágrimas o protegiam da poeira.

— Não quero coveiro. Eu e o meu filho é que abrimos a cova, nós é que fazemos o funeral.

Mas a cova começada não foi nunca terminada. Meu pai e Ntunzi tentaram, vezes seguidas, em vão. Mal abriam um buraco ele se cobria de areia. Juntaram-se Kalash e Aproximado, mas o resultado foi o mesmo: a poeira, soprada em fúria pelo vento, logo preenchia aquela cavidade. Foi preciso que os coveiros profissionais terminassem o serviço de abrir e fechar a sepultura.

Agora, oito anos mais tarde, a terra voltava a rejeitar abrir o seu ventre para receber um corpo.

— *Ninguém fale!* — decretou Zacaria Kalash. — *Estou a ouvir barulhos.*

Às mil cautelas, o ajudante se aproximou da varanda. Espreitou entre tábuas e, depois, virou para nós, o rosto espantado. Onde antes jazia o corpo, não havia resto de coisa alguma.

— *O morto já não está lá, não está em nenhum lado* — repetia Zacaria em surdina.

O vento tinha amainado. Ainda assim, folhas mortas redemoinhavam para acentuar o vazio.

— *Vou buscar uma arma* — disse Zaca. E saiu correndo pelos atalhos.

Aos poucos, um novo estado de espírito se instalou em mim, revertendo o susto em sobranceiro sossego. Olhei Ntunzi que tremia como caniço e, para seu espanto, comecei a caminhar, firme, em direção à casa grande.

— *Está maluco, Mwanito? Aonde vai?*

Em silêncio, subi à varanda e fui pisando as tábuas velhas com cuidado para que o soalho não desabasse e o meu corpo se afundasse, juntando-se, quiçá, ao desaparecido morto. Rodei pelo recinto à procura de um rasto, até que decidi bater à porta da casa. Meu irmão, com voz trémula, perguntou:

— *Está à espera que o falecido lhe venha abrir a porta?*

— *Não fale alto.*

— *Você está maluco, Mwanito. Eu vou chamar o*

pai — disse Ntunzi, virando as costas e retirando-se apressadamente.

Fiquei sozinho, eu, face ao abismo. Devagar, abri a porta e fui espreitando a sala de entrada. Era um assoalhado amplo, vazio, com o cheiro do tempo guardado. Enquanto me afeiçoava à penumbra fui pensando: como é que, em tantos anos de infância, nunca tive curiosidade de explorar este lugar interdito? A razão é que eu nunca tinha exercido a minha própria infância, meu pai me envelhecera desde nascença.

Foi então que sucedeu a aparição: surgida do nada, emergiu a mulher. Uma fenda se abriu a meus pés e um rio de fumo me neblinou. A visão da criatura fez com que, de repente, o mundo transbordasse das fronteiras que eu tão bem conhecia.

De soslaio, olhos semicerrados, enfrentei a intrusa. Ela era branca, alta e vestia como um homem, de calças, camisa e botas altas. Tinha os cabelos lisos, meio ocultos por debaixo de um lenço, o mesmo lenço que víramos na cabeça do suposto falecido. As botas eram também iguais às que o falecido calçava. O nariz e os lábios estavam mal desenhados e, somados ao tom da pele, davam-lhe um ar de criatura desenterrada.

Apeteceu-me fugir, mas as pernas eram raízes seculares. Sem mexer a cabeça, rodei o olhar pela rua desfocada e procurei por socorro. Nada. Nem Ntunzi nem Zacaria se vislumbravam e apenas uma neblina cobria a paisagem em redor. Entontecido, senti a lágrima pesar-me mais que o próprio corpo. Foi então que escutei as primeiras palavras da mulher:

— *Estás a chorar?*

Sacudi, com energia, a cabeça. A confissão da minha fragilidade, pensei, apenas poderia encorajar as diabólicas intenções da aparecida.

— *O que procuras, meu filho?*

— *Eu? Nada.*

Falei? Ou foram palavras que passaram por mim sem que desse conta? Porque me encontrava em desamparo total, descalço sobre um chão escaldante. Inesperadamente, já não sabia viver, a Vida se havia convertido numa desconhecida língua.

— *O que se passa, tens medo de mim?*

A voz terna e doce só agravou o meu estado de irrealidade. Passei a mão pelos olhos a corrigir as lágrimas e depois, lentamente, ergui o rosto para avaliar a criatura. Mas sempre de soslaio, com medo de a visão me arrancar os olhos para sempre.

— *Eras tu que ainda agora abrias uma cova no quintal?*

— *Era. Eu e mais outros. Éramos muitos.*

— *Escutei vozes e espreitei. Abrias uma cova para quê?*

— *Para ninguém. Isto é, para nada.*

O meu olhar voltou a pousar na varanda, na ânsia de desvendar o que se tinha passado com o cadáver. Não havia no chão sinais de que o tivessem arrastado, as folhas estavam espalhadas sem qualquer rasto. A intrusa passou por mim, senti pela primeira vez a doçura de um perfume feminino. E ela se afastou em direção à saída. Deitei tento no modo como se movia,

graciosa, mas sem os caricatos trejeitos com que Ntunzi representara as fêmeas criaturas.
— *Desculpe, a senhora é mesmo uma mulher?*
A intrusa ergueu os olhos, feridos por uma dor antiga. Demorou uma nuvem, sacudiu uma tristeza e perguntou:
— *Porquê? Não pareço mulher?*
— *Não sei. Nunca vi nenhuma antes.*
Aquela era a primeira mulher e ela fazia o chão evaporar. Passaram-se anos, tive amores e paixões por mulheres e, sempre que as amei, o mundo voltou a fugir-me dos pés. Aquele primeiro encontro marcou em mim, fundo, o misterioso poder das mulheres.
Sentindo que as forças me regressavam, parti em corrida como uma gazela pelos matos. A mulher branca, intrigada, ficou espreitando da porta. Ainda olhei para trás, na esperança de ela se ter desvanecido, ansiando que tudo aquilo não tivesse sido senão um delírio.
Quando ganhei refúgio em casa, o coração batia todo em meu peito, a ponto de, ao encontrar Ntunzi, quase não articular palavra:
— *Ntunzi, você... você não vai acreditar.*
— *Eu vi* — disse ele, tão alvoroçado como eu.
— *Viu o quê?*
— *A mulher branca.*
— *Viu mesmo?*
— *Não podemos dizer nada ao nosso pai.*

* * *

Nessa mesma noite fui visitado por minha mãe. No sonho, ela me surgiu ainda sem rosto, mas já com voz. E essa voz era a da aparecida, com seus requebros e doçuras. Despertei estremunhado, tão real era o sonho. Escutei passos no quarto: Ntunzi não conseguia dormir. Também ele fora assaltado por noturnas visitações.

— *Ntunzinho, me diga: nossa mãe era parecida assim?*
— *Não.*
— *Não conseguia dormir porquê, Ntunzi?*
— *Sofri de sonhos.*
— *Você também sonhava com a mamã?*
— *Lembra aquela história da moça que ficou sem rosto quando me apaixonei?*
— *Lembro. E o que é que tem?*
— *No sonho, me apareceu o rosto dela.*

Vozes, no exterior, nos fizeram calar. Acorremos à janela. Era Zacaria que falava com nosso pai. Pelos gestos se adivinhava que o militar lhe dava relatório da aparição. E ficámos espreitando, vendo o subordinado Zacaria gesticulando em viva representação do que sucedera na casa assombrada. O rosto de meu pai se transfigurava, assombrado: estávamos sendo visitados, a terra e os céus estremeciam em Jesusalém.

De rompante, Silvestre se ergueu e se dissolveu no escuro. À distância, nós o seguimos, curiosos para desvendar o que passava pela cabeça daquele homem que avançava pelo quintal feito um animal ferido. Silvestre foi direto ao camião e sacudiu Aproximado que

dormitava no assento da frente. Não houve introito, nem saudação:
— *Que vem aqui fazer essa branca?*
— *Não foi ela apenas que chegou. Por que não me pergunta a mim o que vim aqui fazer?*
Assaltado pela emoção, meu pai fez um sinal convocando Kalash. Parecia que Silvestre lhe ia segredar qualquer coisa, mas nenhuma palavra saiu de sua boca. De súbito, desatou aos pontapés a Aproximado, o militar tentando em vão impedir que o nosso Tio fosse atingido. E ali os três ficaram girando como pás quebradas de um moinho de vento. Por fim, cansado, o pai se apoiou na fachada do carro e respirou fundo como se quisesse reentrar na sua alma. A voz era a de Cristo em cruz, quando perguntou:
— *Por que me traiu, Aproximado? Porquê?*
— *Não tenho contrato consigo.*
— *Não somos família?*
— *Isso pergunto eu.*
Foi demasiada palavra. Aproximado pisara o risco. Meu pai permaneceu calado, arfando como Jezibela depois do trote. E assim, meio transido, ficou contemplando Aproximado a descarregar do camião uma parafernália de bugigangas: binóculos, poderosas lanternas que esburacavam a noite, máquinas fotográficas, sombreiros e tripés.
— *O que é isto? Uma invasão?*
— *Isto não é nada de mais. A senhora gosta de fotografar garças.*

— E você ainda responde "nada de mais"? Alguém anda neste mundo a fotografar garças?

Era apenas uma excedentária razão para o seu mal-estar. A verdade é que a presença da portuguesa, só por si, era uma insuportável intrusão. Uma única pessoa — ainda por cima uma mulher — desmoronava a inteira nação de Jesusalém. Em escassos momentos, tombava em estilhaços a laboriosa construção de Silvestre Vitalício. Afinal, havia, lá fora, um mundo vivo e um enviado desse mundo se instalara no coração do seu reino. Não havia tempo a perder: Aproximado que embalasse tudo de novo e conduzisse a intrusa de volta.

— Você, cunhado, leve-me daqui essa gaja!

Aproximado sorriu, turvo e lerdo: era o que fazia quando lhe fugia a palavra. Balançou o corpo dentro do fato-macaco a ganhar coragem para um argumento:

— Meu caro Silvestre: nós não somos donos.

— Não somos quê? Pois eu sou muito dono disto aqui, eu sou a única entidade vigente em toda esta paisagem.

— Não sei, não sei... Já viu bem que, se calhar, quem tem que sair daqui somos nós?

— Como é que é?

— As casas que ocupamos são propriedade do Estado.

— Qual Estado? Não vejo aqui nenhum Estado.

— O Estado nunca se vê, cunhado.

— Por essas e por outras é que eu me pirei desse mundo em que o Estado nunca se vê, mas aparece sempre a tirar-nos as nossas coisas.

— Pode vociferar, Silvestre Vitalício, mas você está aqui indevidamente...

— Indevidamente é a puta que o pariu...

Era tanta a raiva que desafinou, a voz se esgarçou como um pano rasgado a meio. Nunca o tínhamos escutado em tais timbres. Meu pai deu uns passos em direção à casa da administração e desatou aos berros:

— Puta! Grande puta!

Projetava o corpo como se as palavras fossem pedras que arremessava:

— Vá-se embora daqui, sua puta!

Vendo-o esgrimir assim contra o vazio, me causou pena. Meu pai queria fechar o mundo fora dele. Mas não havia porta para ele se trancar por dentro.

***

Era madrugada quando meu velho me sacudiu no leito e debruçado sobre a almofada me segredou:

— Tenho uma missão para si, meu filho.

— Uma quê, pai? — inquiri, estremunhado.

— Uma missão de espionagem — acrescentou.

A tarefa era simples e foi-me explicada em duas pinceladas: eu iria à casa grande e espiolharia o que estava no quarto da portuguesa. Silvestre Zacaria queria descobrir pistas que pudessem revelar os secretos propósitos da visitante. Ntunzi se encarregaria de distrair a portuguesa mantendo-se longe de casa. E não tivesse medo de sombras nem de assombros. A portuguesa já tinha espantado as almas penadas. Os fantasmas nacionais não se dão bem com os estrangeiros, assegurou.

Mais tarde, a meio da manhã, os bens da portuguesa ganhavam luz em minhas trémulas mãos. Durante horas, percorri, olhos e dedos, os papéis de Marta. Cada folha foi uma asa em que ganhei mais tontura que altura.

Os papéis da mulher

*O que a memória ama, fica eterno.
Te amo com a memória, imperecível.*

Adélia Prado

Sou mulher, sou Marta e só posso escrever. Afinal, talvez seja oportuna a tua ausência. Porque eu, de outro modo, nunca te poderia alcançar. Deixei de ter posse da minha própria voz. Se viesses agora, Marcelo, eu ficaria sem fala. A minha voz emigrou para um corpo que já foi meu. E quando me escuto nem eu mesma me reconheço. Em assuntos de amor só posso escrever. Não é de agora, sempre foi assim, mesmo quando estavas presente.

E escrevo como as aves redigem o seu voo: sem papel, sem caligrafia, apenas com luz e saudade. Palavras que, sendo minhas, não moraram nunca em mim. Escrevo sem ter nada que dizer. Porque não sei o que te dizer do que fomos. E nada tenho para te dizer do que seremos. Porque sou como os habitantes de Jesusalém. Não tenho saudade, não tenho memória: meu ventre nunca gerou vida, meu sangue não se abriu em outro corpo. É assim que envelheço: evaporada em mim, véu esquecido num banco de igreja.

Só te amei a ti, Marcelo. Essa fidelidade levou-me ao mais penoso dos exílios: esse amor afastou-me da possibilidade de amar. Agora, entre todos os nomes, só me resta o teu nome. Só a ele posso pedir o que antes te pedia a ti: que me faça nascer. Porque eu preciso tanto de nascer! De nascer outra, longe de mim, longe do meu tempo. Estou exausta, Marcelo. Exausta, mas não vazia. Para se estar vazia é preciso ter dentro. E eu perdi a minha interioridade.

Por que não escreveste nunca? Não é de te ler que mais tenho saudade. É o som da faca rasgando o envelope que trazia a tua carta. E sentir, de novo, uma carícia na alma, como se algures estivessem golpeando um cordão umbilical. Engano meu: não há faca, não há carta. Não há parto de nada, nem de ninguém.

* * *

Vês como fico pequena quando escrevo para ti? É por isso que eu nunca poderia ser poeta. O poeta se engrandece perante a ausência, como se a ausência fosse o seu altar, e ele ficasse maior que a palavra. No meu caso, não, a ausência me deixa submersa, sem acesso a mim.

Este é o meu conflito: quando estás, não existo, ignorada. Quando não estás, me desconheço, ignorante. Eu só sou na tua presença. E só me tenho na tua ausência. Agora, eu sei. Sou apenas um nome. Um nome que não se acende senão em tua boca.

* * *

Esta manhã, contemplei ao longe a queimada. Do outro lado do rio, extensões imensas se consumiam num ápice. Não era a terra que se convertia em chama: era o próprio ar que ardia, todo o céu era devorado por demónios.

Mais tarde, quando as labaredas serenaram, restou um mar de cinza escura. Na ausência de vento, partículas flutuavam como negras libélulas sobre o carbonizado capinzal. Podia ser um cenário de fim de mundo. Para mim, era o oposto: era um parto da Terra. Apeteceu-me gritar pelo teu nome:

— *Marcelo!*

Escutar-se-ia longe, este meu grito. Afinal, neste lugar, até o silêncio faz eco. Se existe um sítio onde eu possa renascer é aqui onde o mais breve instante me sacia. Eu sou como a savana: ardo para viver. E morro afogada pela minha própria sede.

***

— *Que é isto?*

Na última paragem antes de chegarmos a Jesusalém, Orlando (a quem devo habituar-me a chamar de Aproximado) perguntou, apontando para o meu nome na capa do meu diário:

— *O que é isto?*

— *Esta* — emendei. — *Esta sou eu.*

Devia ter dito: esse é o meu nome, grafado na capa do meu diário. Mas não. Disse que era eu como se todo o corpo e toda a minha vida fossem cinco simples letras. É isso que eu sou, Marcelo: sou uma palavra, tu me escreves de noite, de dia me apagas. Cada dia é uma folha que tu rasgas, sou o papel que espera pela tua mão, sou a letra que aguarda pelo afago dos teus olhos.

* * *

Em Jesusalém, o que mais me impressionou, desde logo, foi a ausência de eletricidade. Nunca antes tinha sentido a noite, nunca tinha sido abraçada pelo escuro, abraçada por dentro até eu mesma ser escuro.

Esta noite me sento na varanda, sob o céu estrelado. Sob o céu, não. Estou, sim, entre o céu. O firmamento está à mão de semear, respiro devagar com receio de desarrumar constelações.

O cheiro do petróleo a ser queimado na lamparina é a única âncora que me prende ao chão. Tudo o resto são vapores indecifráveis, odores desconhecidos, anjos tonteando em meu redor.

Nada é anterior a mim, estou inaugurando o mundo, as luzes, as sombras. Mais do que isso: estou fundando as palavras. Sou eu que as estreio, criadora do meu próprio idioma.

Tudo isto, Marcelo, me faz recordar as nossas noites em Lisboa. Tu me olhavas enquanto, na cama, eu espalhava os cremes de beleza pelo corpo. Eram demasiados, queixavas-te: uma loção para o rosto, outra para o pescoço, uma para as mãos, outra ainda para o contorno dos olhos. Foram inventados como se cada porção de mim fosse um corpo em separado e sustentasse uma beleza própria. Para os vendedores de cosméticos já não basta que cada mulher tenha o seu corpo. Cada uma de nós tem vários corpos, existindo em autónoma federação. Era o que tu dizias tentando demover-me.

Perseguida pelo medo da velhice, deixei envelhecer a nossa relação. Ocupada em me fazer bela, deixei escapar a verdadeira beleza, que apenas mora no desnudar do olhar. O lençol esfriou, a cama se desaventurou. Esta é a diferença: a mulher que encontraste aí, em África, fica bela apenas para ti. Eu ficava bela para mim, que é um outro modo de dizer: para ninguém.

É isso que essas negras têm que nunca podemos ter: elas são sempre o corpo inteiro. Elas moram em cada porção do corpo. Todo o seu corpo é mulher, todo o seu tempo é feminino. E nós, brancas, vivemos numa estranha transumância: ora somos alma, ora somos corpo. Acedemos ao pecado para fugir do inferno. Aspiramos à asa do desejo para, depois, tombarmos sob o peso da culpa.

Agora que aqui cheguei, subitamente, deixei de te querer encontrar. Era um sentimento estranho em mim, eu que tanto viajara no sonho de te reconquistar. Na viagem para África, porém, esse sonho rodopiou. Talvez tivesse esperado demasiado tempo. Nessa espera, aprendi a gostar de ter saudade. Recordo os versos do poeta que diziam "eu vim ao mundo para ter saudade". Como se apenas pela ausência eu me povoasse interiormente. Seguindo o exemplo dessas casas que só se sentem quando estão vazias. Como esta casa que agora habito.

* * *

A dor de um fruto já tombado, é isso que eu sinto. O anúncio da semente, é isso que espero. Como vês eu me aprendo árvore e chão, tempo e eternidade.
— *És parecida com a Terra. Essa é a tua beleza.*
Era assim que dizias. E quando nos beijávamos e eu perdia respiração e, entre suspiros, perguntava: em que dia nasceste? E me respondias, voz trémula: estou nascendo agora. E a tua mão ascendia por entre o vão das minhas pernas e eu voltava a perguntar: onde nasceste? E tu, quase sem voz, respondias: estou nascendo em ti, meu amor. Era assim que dizias. Marcelo, tu eras um poeta. Eu era a tua poesia. E quando me escrevias, era tão belo o que me contavas que me despia para ler as tuas cartas. Só nua eu te podia ler. Porque te recebia não em meus olhos, mas com todo o meu corpo, linha por linha, poro por poro.

* * *

Quando, ainda na cidade, Aproximado me perguntou quem eu era, fiquei com a impressão de que falei a noite inteira. Contei tudo sobre nós, contei quase tudo sobre ti, Marcelo. A certo ponto, talvez por cansaço, percebi que me surpreendia com a minha narração. Os segredos são fascinantes, porque foram feitos para serem revelados. Revelei segredos, porque não suporto mais viver sem fascínio.

— *Você sabe, Dona Marta: a viagem até à coutada é muito perigosa.*

Não respondi, mas a verdade é que viajar só me interessava se fosse para atravessar infernos, passar a alma por labaredas.

— *Fale desse Marcelo. Seu marido.*

— *Marido?*

Já estou habituada: as mulheres explicam-se a si mesmas falando sobre os seus homens. Pois fosses tu, Marcelo, que me explicasses aos outros e eu me convertesse, nas tuas palavras, em criatura simples que cabe na fala de um único homem.

— *O ano passado Marcelo veio de viagem a África.*

Veio como todo aquele que se ilude de ter vivido num lugar: em peregrinação de saudade. Demorou aqui um mês e voltou estranho. Talvez tenha sido o reencontro com a terra que o abalou. Fora em Moçambique que ele, anos antes, combatera como soldado. Pensava que tinha sido enviado para matar numa terra estranha. Mas ele fora mandado para matar numa terra longínqua. Nessa mortal operação, Marcelo acabou nascendo como outra pessoa. Quinze anos depois, queria rever não a terra, mas esse nascimento. Insisti para que não fosse. Eu olhava essa viagem com estranho pressentimento. Nenhuma memória pode ser visitada. Mais grave: há lembranças que apenas na morte se reencontram.

***

Tudo isto falei, Marcelo, porque tudo isto me magoa como uma unha que nasce torta. Preciso falar, roer esta unha até ao sabugo. Não sabes o quanto me fizeste morrer, Marcelo. Porque tu regressaste de África, mas parte de ti nunca voltou. Todos os dias, manhã cedo, saías de casa e ficavas deambulando pelas ruas como se nada reconhecesses na tua cidade.

— *Esta cidade não é mais minha?*

Era assim que me dizias. Uma terra é nossa como uma pessoa nos pode pertencer: sem nunca dela tomarmos posse. Dias depois do teu regresso, encontrei uma fotografia no fundo da tua gaveta. Era a imagem de uma mulher negra. Jovem, bonita, olhos profundos desafiando a câmara. Nas costas da foto havia anotações em letra miúda: um número de telefone. Escrito assim em miniatura parecia uma simples rasura. Mas era um abismo onde eu regressava para tombar a todo o momento.

O primeiro impulso foi fazer uma chamada telefónica. Reconsiderei. O que haveria de dizer? Sobreveio, incontida, a fúria. Deitei a foto de costas, como se faz a um cadáver a quem não se quer ver o rosto.

— *Traidor, quero que morras com Sida e com piolhos...*

Eu queria maltratar-te, Marcelo, queria dar-te voz de prisão. Para que ficasses acorrentado à minha raiva. Pouco importava que houvesse ou não amor. Nas noites seguintes, a minha espera foi uma interminável insónia. Esperei que chegasses para te falar, mas chegaste demasiado vazio para escutar. Que estarias menos fatigado no dia seguinte. Mas nesse outro dia, telefonaste do aeroporto para me dizer que estavas de novo de partida para Moçambique. Pela primeira vez, estranhei a minha própria voz. E disse-te: "Pois, dorme...". Apenas isto. Quando, afinal eu queria ter dito: "Dorme de vez com as tuas pretas...". Meu Deus, como me envergonho dessa minha raiva e do modo como esse sentimento me tornou mesquinha.

Fiquei em Lisboa, consumida pela parte de mim que tinha partido contigo. Por triste ironia, quem mais me fez companhia na tua ausência foi a tua amante. Na mesa de cabeceira, a fotografia dessa outra mulher me fixava. E olhávamo-nos as duas, dias e noites, como se um invisível laço nos unisse desde sempre. Às vezes, murmurava-lhe a minha decisão:

— *Vou ter com ele...*

A amante negra me aconselhava, então: "Não vás! Deixa-o afundar-se sozinho na lama escura". Compenetrei-me do irremediável: o meu marido desaparecera para sempre, vítima de um ato de canibalismo. Marcelo foi devorado como sucedera com os viajantes que partiam para a África selvagem. Ele tinha sido engolido por uma boca imensa, uma boca do tamanho de um continente. Foi deglutido por antigos mistérios. Já não há selvagens, agora há indígenas. E os indígenas podem ser belos. Podem, sobretudo, ser belas. É dessa beleza que emerge a sua antiga selvajaria. É uma beleza selvagem. Os homens brancos, outrora algozes e receosos de serem devorados, querem hoje ser comidos, tragados pela beleza negra.

Era isso que a tua amante me dizia. Quantas vezes

adormeci com a fotografia dessa rival marginando-me o sono. De todas as vezes murmurei entredentes: malditas mulheres! E não me conformava com a injustiça do destino. Durante anos, eu me aplicara em maquilhagem, dieta, ginástica. Acreditara ser o modo de te continuar cativando. Só agora entendi que a sedução mora em outro lugar. Talvez no olhar. E havia muito que eu deixara esmorecer esse olhar incendiado.

Ao contemplar a queimada na savana, me veio uma saudade dessa troca de fogo, o espelho do deslumbramento em Marcelo. Deslumbrar, como manda a palavra, deveria ser cegar, retirar a luz. E afinal era agora um ofuscamento que eu pretendia. Essa alucinação que uma vez sentira, eu sabia, era viciante como morfina. O amor é uma morfina. Podia ser comerciado em embalagens sob o nome: Amorfina.

As chamadas "revistas para mulheres" vendem receitas, segredos e técnicas para amar mais e melhor. Dicas para fazer sexo. No início, embarquei nessa ilusão. Queria reconquistar Marcelo e estava disponível para qualquer crendice. Agora, eu sei: do amor me interessa apenas o não saber, deixar o corpo fora da mente, em descomando absoluto. Mulher apenas na aparência. Debaixo do gesto: bicho, fera, lava.

***

Todo este céu me recorda Marcelo. Ele dizia-me — "vou contar estrelas" — e tocava em cada uma das minhas sardas. O dedo pontuava os ombros, as costas, o peito. Meu corpo era o céu de Marcelo. E eu não soube voar, entregar-me ao torpor daquele contar de estrelas. Nunca me senti à vontade no sexo. Era, digamos, um território estranho, um idioma desconhecido. O meu acanhamento era mais do que uma simples vergonha. Eu era uma tradutora surda, incapaz de verter em gesto o desejo que falava dentro de mim. Eu era o dente cariado em boca de vampiro.

E regresso à minha mesa de cabeceira, para encarar o rosto da amante negra. Aquele foi o olhar que mergulhou, no momento da fotografia, nos olhos do meu homem. Um olhar luminoso, como a luz à entrada de uma casa. Talvez fosse isso, um olhar deslumbrado, talvez fosse isso que Marcelo sempre tivesse desejado. Não seria, afinal, o sexo. Mas o sentir-se desejado, mesmo que fosse por breve fingimento.

Sob o céu africano volto a ser mulher. Terra, vida, água são do meu sexo. O céu, não, o céu é masculino. Sinto que o céu me toca com todos os seus dedos. Adormeço sob a carícia de Marcelo. E escuto, longe, os brasileiros acordes de Chico César: "Se você olha para mim eu me derreto suave, neve num vulcão…".

Quero morar numa cidade onde se sonha com chuva. Num mundo onde chover é a maior felicidade. E onde todos chovemos.

***

Esta noite cumpri o ritual: despi-me toda para ler as velhas cartas de Marcelo. O meu amor escrevia de

modo tão profundo que, no decurso da leitura, eu sentia o braço dele roçando o meu corpo e era como se desabotoasse o vestido e as roupas desabassem a meus pés.
— *És um poeta, Marcelo.*
— *Não digas mais isso.*
— *E porquê?*
— *A poesia é uma doença mortal.*

Marcelo adormecia logo a seguir a fazer amor. Dobrava a almofada entre as pernas e tombava no sono. Eu ficava só, desperta, ruminando o tempo. No início via na atitude de Marcelo um sinal de insuportável egoísmo. Depois, já muito tarde, entendi. Os homens não olham as mulheres que acabaram de amar porque têm medo. Têm medo do que podem encontrar no fundo dos olhos delas.

Ordem de expulsão

Perdi o medo de mim. Adeus.

Adélia Prado

Os papéis de Marta me queimavam nas mãos. Arrumei-os, de modo a que não se percebesse que violara a intimidade que neles morava. Regressei a minha casa com um peso na alma. Tememos a Deus porque existe. Mais medo temos do demónio porque não existe. O que me dava mais receio, no momento, não era nem Deus nem o demónio. Afligia-me, sim, a reação de Silvestre Vitalício quando lhe dissesse que, no quarto da portuguesa, nada tinha encontrado senão umas tantas cartas de amor. À porta do acampamento, lá estava meu velho, mãos sobre as ancas, voz carregada de ansiedade:
— *Relatório! Quero relatório. O que encontrou nas coisas da tuga?*
— *Só papéis. Só.*
— *E o que diziam?*
— *O pai esquece-se que não sei ler?*
— *Trouxe alguns desses papéis consigo?*
— *Não. A próxima vez...*
Não deixou que eu terminasse. Saiu da cozinha e, no instante seguinte, reentrou puxando Ntunzi por um braço.

— *Vão os dois à casa da portuguesa e transmitam a minha ordem.*
— *Que ordem, pai?* — perguntou Ntunzi.
— *Ainda pergunta?*
Nós que a intimássemos a regressar à cidade. Fôssemos curtos, fôssemos grosseiros. A tuga que recebesse a mensagem sem meios-tons.
— *Quero essa mulher longe, fora e sem retorno.*
Olhei Ntunzi que estava parado, como se acatasse. Por dentro, ele devia ferver de contrariedade. Mas nada disse, nada objetou. Ficámos assim, aguardando que Silvestre voltasse às falas. O silêncio do meu pai nos mantinha calados aos dois e foi assim, humildes e anulados, que nos encaminhámos para a casa assombrada. A meio do caminho perguntei:
— *Vai mandar a portuguesa embora? Como lhe vai dizer?*
Ntunzi sacudiu a cabeça, em mortiça negação. Nele se tocavam os dois polos do impossível: não podia obedecer, não era capaz de transgredir. Por fim, disse:
— *Vá você falar com ela.*
E virou as costas. Eu prossegui, passo enrolado como em desfile de cemitério, em direção à casa grande. Encontrei a intrusa sentada nas escadas com uma bolsa a seus pés. Saudou-me carinhosamente e fixou os céus como se se preparasse para voar. Esperava escutá-la dizendo coisas, nessa doçura que me tinha visitado em sonho. Todavia, permaneceu calada enquanto retirava da bolsa aquilo que soube depois tratar-se de uma máquina fotográfica. Ela me foto-

grafou, espreitando recantos da minha alma que eu mesmo desconhecia. Depois retirou da sacola um pequeno aparelho metálico, encostou-o ao ouvido para depois o voltar a pousar.

— O que é isso?

Explicou-me que era um telemóvel e para que se destinava. Contudo, ali, em Jesusalém, não havia serviço para aquele aparelho.

— *Sem ele* — disse apontando o telefone —, *sinto-me perdida. Meu Deus, como preciso de falar com alguém...*

Uma profunda tristeza lhe enevoou os olhos. Parecia que ia desabar em pranto. Mas conteve-se, as mãos acariciando as faces. E durante um tempo se tornou distante. Pareceu-me que balbuciava o nome de Marcelo. Mas era tão lento e silente que mais semelhava uma reza pelos falecidos. Devagar, voltou a arrumar tudo na bolsa, e, no final, inquiriu:

— *Onde é que, por aqui, costumam pousar garças?*

— *Na lagoa, há muitas* — disse eu.

— *Quando estiver menos calor, levas-me a essa lagoa?*

Acenei que sim. Não lhe falei do crocodilo que vigia as margens do charco. Tive medo que ela recuasse na decisão do passeio. Naquele momento, começou a espalhar cremes pelo corpo. Intrigado, surpreendi-a com a pergunta:

— *Quer que vá buscar um balde de água?*

— *Água? Para quê?*

— *Não se está a lavar?*

De súbito, a tristeza nela se quebrou: a portuguesa se abriu em gargalhada, quase me ofendendo. Lavar? Aquilo que fazia era aplicar cremes de proteção solar. Doenças que tivesse, ainda pensei. Mas não. A mulher disse que, nos dias de hoje, a luz estava envenenada.

— *Não aqui, minha senhora, não em Jesusalém.*

A portuguesa encostou-se a uma trave de madeira, fechou os olhos e começou a cantarolar. De novo, o mundo me escapou. Nunca tinha escutado uma melodia assim, fluindo em lábios humanos. Eu ouvira pássaros, brisas e rios, mas nada se assemelhava àquela entoação. Para me salvar, quem sabe, desse embalo, indaguei:

— *Desculpe, a senhora também é puta?*

— *Como?*

— *Puta* — soletrei a custo.

Atónita primeiro, divertida depois, a mulher inclinou a cabeça como se lhe pesasse o pensamento e, por fim, respondeu num suspiro:

— *Talvez seja, quem sabe?*

— *Meu pai diz que todas mulheres são putas...*

Pareceu-me que sorria. Depois, ergueu-se e me olhou intensamente, olhos semicerrados e exclamou:

— *Tu és parecido com a tua mãe.*

Uma espécie de inundação ocorreu dentro de mim, a suavidade da voz dela se espraiando e cobrindo toda a minha alma. Foi preciso um tempo para que eu me interrogasse: a estrangeira conhecia Dordalma? Como e quando as duas mulheres se cruzaram?

— *Peço desculpa, mas a senhora...*
— *Chama-me Marta.*
— *Sim, senhora.*
— *Sei da história da tua família, mas nunca me encontrei com Dordalma. E tu, chegaste a conhecer a tua mãe?*

Sacudi a cabeça, tão lentamente quanto a tristeza me permitia ter acesso ao meu próprio corpo.

— *Lembras-te dela?*
— *Não sei. Todos dizem que não.*

Queria pedir que ela cantasse uma outra vez. Porque havia uma certeza, agora, dentro de mim. Marta não era uma visitante: era uma enviada. Zacaria Kalash pressentira a sua chegada. Porém, eu suspeitava: Marta era a minha segunda mãe. Ela tinha vindo para me levar para casa. E Dordalma, a minha primeira mãe, era essa casa.

* * *

Já se vergavam as sombras quando acompanhei Marta à lagoa das garças. Ajudei-a a carregar os apetrechos de fotografar e escolhi os caminhos menos íngremes para descer a ladeira. De quando em quando, ela parava no meio do caminho, levava as duas mãos à nuca a juntar os cabelos como se quisesse evitar que lhe sombreassem a visão. E voltava a medir o firmamento. Lembrei Aproximado que dizia: "Quem quer a eternidade olha o céu, quem quer o momento olha a nuvem". A visitante queria tudo, céu e nuvem, aves e infinitos.

— *Que luz esplendorosa* — repetia, extasiada.

— *Não tem medo que esteja envenenada?*

— *Não podes imaginar como eu, neste momento, preciso desta luz...*

Falava como que em oração. A luz esplendorosa, para mim, era a que emanava dos seus gestos, nem eu nunca tinha visto cabelos tão lisos e retumbantes. Mas ela falava de algo que ali sempre estivera e eu jamais notara: a luz que irradia não do Sol, mas dos próprios lugares.

— *Lá, o nosso Sol não fala.*

— Onde é "lá", senhora Marta?

— *Lá, na Europa. Aqui é diferente. Aqui o Sol geme, sussurra, grita.*

— Ora — corrigi eu, por delicadeza —, *o Sol é sempre um mesmo.*

— *Engano seu. Lá, o Sol é uma pedra. Aqui, é um fruto.*

As palavras dela eram estrangeiras mesmo ditas na mesma língua. O idioma de Marta tinha outra raça, outro sexo, outro veludo. O simples ato de a escutar era, para mim, um modo de emigrar de Jesusalém.

A portuguesa pediu-me, a certa altura, que não olhasse: ela despiu a blusa e deixou tombar a saia. E de roupa interior foi-se banhar. De costas para o rio, reparei em Ntunzi, escondendo-se entre as moitas. Um sinal dele me sugeriu que eu disfarçasse. Do seu esconderijo, meu irmão se arregalou e se regalou. E vi, pela primeira vez, o rosto de Ntunzi desaparecer em chamas.

***

Meu pai logo adivinhou que não tínhamos cumprido as suas instruções. Não se zangou, para nosso espanto. Entendia ele as nossas perdoáveis razões, relevava as nossas retrações, nuvens passando acima do Sol? Foi-se vestir a preceito, a mesma gravata vermelha que envergava nas visitas a Jezibela, os mesmos sapatos escuros, o mesmo chapéu de feltro. Pegou em nós, um em cada mão, e nos arrastou até à casa assombrada. Bateu à porta e assim que a portuguesa assomou disparou:

— *Pela primeira vez meus filhos me desobedeceram...*

A mulher o contemplou com serenidade e aguardou que ele prosseguisse. Silvestre empastou a voz, corrigindo a rispidez inicial:

— *Estou a pedir licença. Para mim e para os meus dois legítimos.*

— *Entrem. Não tenho cadeiras.*

— *Não vamos ficar nenhum tempo, senhora.*

— *Chamo-me Marta.*

— *Não chamo mulher pelo nome.*

— *Como chama então?*

— *Não terei tempo de lhe chamar nada. Porque a senhora vai-se já daqui embora.*

— O meu nome, senhor Mateus Ventura, é como o seu: uma espécie de doença de nascença...

Ao escutar o seu nome antigo, meu pai foi atingido por uma invisível chicotada. Os dedos dele apertaram-me a mão, tensos como arcos de zagaia.

— Não sei o que lhe disseram, mas é um engano, minha dona. Não há aqui nenhum Ventura.

— Eu hei-de sair, não se preocupe. O que me trouxe a África já está terminando.

— E o que a trouxe aqui, posso saber?

— Venho à procura do meu marido.

— Lhe pergunto, dona: veio tão longe só procurar o marido?

— Sim, acha que é pouco?

— Uma mulher não sai à procura de marido. Uma mulher fica à espera.

— Então, se calhar, não sou uma mulher.

Olhei, em desespero, para Ntunzi. A estranha se declarava não ser uma mulher! Falava ela a verdade, contrariando o maternal sentimento que já inspirara?

— *Antes de viajar, informei-me sobre a sua história* — afirmou Marta.

— Não há história nenhuma, estou aqui numas pequenas férias, este lugar é um retiro exclusivo...

— Eu conheço a sua história...

— A única história, minha cara senhora, é a história da sua saída, de volta para onde veio.

— O senhor não me conhece, não é só um marido que faz mover uma mulher. Na vida, há outros amores...

Desta vez, peremptório, meu pai ergueu o braço para a interromper. Se havia coisa a que ele tinha alergia era a conversa de amores. O amor é um território onde não se pode dar ordens. E ele criara um recanto governado pela obediência.

— *Esta conversa já vai muito arrastada. E eu já sou velho, senhora. Todo o instante que desperdiço é a Vida inteira que estou perdendo.*

— *O que me veio dizer, então, já está dito?*

— *Não há mais nada. A senhora disse que vinha procurar uma pessoa. Então, pode ir embora, porque aqui não há nenhuma pessoa...*

— *Caro Ventura, uma coisa lhe posso dizer: não foi só o senhor a sair do mundo...*

— *Não entendo...*

— *E se lhe disser que eu e você estamos aqui pela mesma razão?*

Aquilo era doloroso de testemunhar. Ela era uma mulher, uma mulher branca, e estava desafiando a autoridade do velho, expondo perante os filhos a sua fragilidade de pai e de homem.

Silvestre Vitalício pediu as licenças e se retirou. Mais tarde, nos explicou que as fervuras já transbordavam, magma em cratera de vulcão, quando colocou fim à conversa:

— *As mulheres são como as guerras: fazem os homens ficarem animais.*

***

Após o confronto com a visitadora, o pai não dormiu de sono seguido. Revolveu-se num crepitar de pesadelos e nós escutámos como, entre indecifráveis interjeições, ele chamava ora por nossa mãe, ora pela jumenta:
— *Alminha! Jezibelinha!*
Na manhã seguinte, ardia em febre. Eu e Ntunzi rodeámos o seu leito. Silvestre nem nos reconheceu.
— *Jezibela?*
— *Pai, somos nós, seus filhos...*
Olhou-nos com ar condoído e assim ficou, riso preso no rosto, olhar esmaecido como se nunca nos tivesse visto. Depois de um tempo, colocou a mão no peito parecendo dar apoio à própria voz e sentenciou:
— *Queriam, não queriam?*
— *Não estamos a entender* — disse Ntunzi.
— *Queriam tomar conta de mim? Era isso que queriam, me ver abatido, me enterrarem nesta fraqueza? Pois não vos dou essa felicidade...*
— *Mas, pai, só queremos ajudar...*
— *Saiam do meu quarto e não voltem a entrar nem para retirar o meu cadáver...*
Durante dias, meu pai agonizou no leito. A seu lado esteve sempre o seu fiel servidor, Zacaria Kalash. Esses dias foram providenciais para que nos aproximássemos de Marta. Cada vez mais, eu a tinha como mãe. Cada vez mais, Ntunzi a sonhava como mulher. Meu irmão passou a ser tomado pelo cio: sonhava com a nudez dela, despia-a com sofreguidão de macho, no chão do sono tombavam as roupas íntimas da lusitana. O que eu gos-

tava em Marta era a sua gentileza. Ela escrevia, todos os dias se debruçava sobre papéis, alinhavando caligrafias. Tal como eu, Marta era uma estrangeira no mundo. Ela escrevia lembranças, eu afinava silêncios.

À noite, meu irmão se vangloriava dos avanços sobre o coração dela. Semelhava um general dando informação sobre territórios conquistados. Que lhe espreitara os seios, lhe flagranteara intimidades e que a vira toda nua tomando banho. Faltava pouco para ele se consumar no corpo dela. Entusiasmado com a proximidade desse momento áureo, meu irmão se levantava na cama e clamava:

— *Ou Deus existe, ou Ele vai nascer agora!*

Aqueles episódios eram como história de caçador: só em mentira podiam ser devidamente contados. A cada narração dele, porém, eu me constrangia, magoado e traído. Mesmo sabendo que eram mais desejos que factos, os relatos de Ntunzi me enchiam de raiva. Pela primeira vez havia uma mulher na minha vida. E essa mulher tinha sido enviada pela falecida Dordalma para cuidar do que me restava da infância. Pouco a pouco, a estrangeira se convertia em minha mãe, numa espécie de segundo turno de existência.

***

Delirantes seriam os relatos eróticos do meu irmão, mas a realidade é que, ao fim da terceira tarde, presenciei Ntunzi deitar-se com a cabeça apoiada no colo dela. Aquela intimidade me fez duvidar: seria verdade o restante romance de meu maninho com a estrangeira?

— *Estou cansado* — confessou Ntunzi, todo entornado sobre Marta.

A portuguesa acariciou a fronte do meu irmão e disse:

— *Não é cansaço. É tristeza. Tu sentes falta de alguém. A tua doença chama-se saudade.*

Fazia tanto tempo que a mãe já não vivia, mas ela nunca chegara a morrer dentro de meu irmão. Às vezes, ele queria gritar de dor, mas faltava-lhe vida para esse grito. A portuguesa, no momento, o advertiu: Ntunzi devia exercer o luto, domesticar o selvagem ferrão da saudade.

— *Tens todo este lugar, tão bom, para chorar...*

— *De que vale chorar se não tenho quem me escute?*

— *Chora, meu querido, que te dou ombro.*

Os ciúmes me fizeram afastar, deixando atrás o triste espetáculo de Ntunzi esparramado sobre a intrusa. Pela primeira vez odiei meu irmão. No quarto chorei ao sentir-me traído por Ntunzi e por Marta.

***

Para piorar a situação, meu pai melhorou. Uma semana depois de ter tombado no leito, ele saiu do quarto. Sentou-se na cadeira da varanda a retomar o fôlego, como se a doença não fosse mais que um cansaço.

— Sente-se bem? — perguntei.
— Hoje já acordei vivo — respondeu.
Ordenou que Ntunzi comparecesse. Queria inspecionar os nossos olhos, para ver como andávamos de sono. Desfilaram os nossos rostos perante o seu viciado exame.
— Você, Ntunzi, acordou tarde. Nem cumprimentou o astro.
— Dormi mal.
— Eu sei o que lhe anda a roubar o sono.
Pálpebras cerradas, fiquei à espera do que se anunciava. Adivinhava-se tempestade, ou não conhecesse Silvestre Vitalício.
— Pois eu aviso: se lhe vejo namorinhar essa portuguesa...
— Mas, pai, não ando a fazer nada...
— Essas coisas não se fazem: só aparecem feitas. Não diga, depois, que não avisei.
Ajudei o velho a regressar ao repouso. Dirigi-me, depois, ao pátio onde a portuguesa me esperava. Ela pretendia que a ajudasse a trepar a uma árvore. Hesitei. Pensei que a moça quisesse relembrar a infância. Mas não. Ela queria apenas verificar se o telemóvel dela poderia captar um sinal a partir de um ponto mais elevado. O meu irmão se prontificou e ajudou-a a erguer-se entre os ramos. Percebi que espreitava as pernas da mulher branca. Retirei-me, incapaz de testemunhar a degradante cena.
Mais tarde, em redor da mesa onde, em silêncio, acabáramos de jantar, o velho Silvestre disparou:

— *Hoje piorei tudo para trás.*
— *Voltou a ficar doente?*
— *Por vossa culpa. Então vocês deixam-me essa gaja subir a uma árvore!?*
— *O que é que tem, pai?*
— *O que é que tem? Vocês já esqueceram que eu... que sou uma árvore?*
— *Pai, o senhor não está a falar a sério...*
— *Essa mulher subia era contra mim, pisava-me com os pés dela, o peso todo dela assentava nos meus ombros...*

E calou-se, tais eram as ofensas. Apenas as mãos dançaram em desespero no vazio. Levantou-se com dificuldade. Quando o tentei ajudar, esticou o dedo indicador frente aos nossos narizes.
— *Amanhã isto vai acabar.*
— *Acabar o quê?*
— *Amanhã termina o prazo para essa tipa ficar aqui. Amanhã é o último dia dela.*

* * *

O maior rasgão veio do escuro da noite: Ntunzi anunciou que ia fugir com a estrangeira. Estava, segundo ele, tudo acertado. Planificado até ao mais ínfimo pormenor.
— *Marta vai-me levar para a Europa. Lá há países em que se pode entrar e sair.*

É isso que faz um lugar: o chegar e o partir. Por isso mesmo, não vivíamos em lugar nenhum. Um gelo me

paralisou ao pensar que iria sobrar sozinho na imensidão de Jesusalém.
— *Eu vou junto convosco* — proclamei, esganiçado.
— *Não, você não pode.*
— *Não posso, porquê?*
— *Na Europa não permitem crianças da sua idade.*
E me contou o que dizia o Tio. Que nesses países nem era preciso trabalhar: as riquezas estavam à disposição, bastava preencher os devidos requerimentos.
— *Vou circular na Europa, braço no braço da mulher branca.*
— *Não acredito, mano. Essa moça subiu-lhe para a ponta dos olhos. Lembra aquela paixão que me contou? Pois você voltou a ficar cego.*

* * *

Não era a eventualidade de Ntunzi sair. Era o facto de sair com Marta: era isso que mais me magoava. Por esse motivo, não fui capaz de adormecer. Espreitei a casa grande e vi que uma lamparina ainda estava acesa. E fui ter com Marta para, sem rodeios, lhe comunicar:
— *Estou zangado consigo!*
— *Comigo?*
— *Porquê escolheu Ntunzi?*
— *Que conversa é essa?*
— *Eu já sei tudo, você vai fugir com meu irmão. Vai-me deixar aqui.*

Marta atirou a cabeça para trás e sorriu. Pediu que me aproximasse. Recusei.

— *Amanhã estou de partida. Não queres dar um passeio comigo?*

— *Eu quero ir consigo daqui para fora, de vez... junto com Ntunzi.*

— *Ntunzi não virá comigo. Pode ter a certeza. Amanhã chega Aproximado com combustível e partimos os dois. Só eu e o seu Tio, mais ninguém.*

— *Jura?*

— *Juro.*

A portuguesa me segurou pela mão e me conduziu à janela. Ficou olhando a noite como se todo aquele céu fosse para ela uma estrela.

— *Vês aquelas estrelas? Sabes como se chamam?*

— *As estrelas não têm nomes.*

— *Têm nomes, nós é que não sabemos.*

— *Meu pai disse que na cidade davam nomes às estrelas. E faziam isso porque tinham medo...*

— *Medo?*

— *Medo de sentir que o céu não lhes pertencia. Mas não acredito nisso, aliás, até sei quem fabricou as estrelas.*

— *Foi Deus, não é assim?*

— *Não. Foi o Zacaria. Com a espingarda dele.*

A portuguesa sorriu. Passou-me os dedos pelos cabelos e eu segurei-lhe a mão de encontro ao rosto. A vontade infinita de roçar os meus lábios pela pele de Marta. Então, dei conta: eu não sabia beijar. E essa

inaptidão me magoou como anúncio de doença fatal. Marta viu as sombras me cruzarem o corpo e disse:
— *Já é tarde, agora vá dormir.*

Regressei ao quarto, pronto para me esgueirar entre os lençóis, quando deparei com Silvestre e Ntunzi discutindo no meio do corredor. À minha entrada, meu velho sentenciava:
— *Acabou a conversa!*
— *Pai, eu peço...*
— *E estou concluído!*
— *Por favor, pai...*
— *Sou seu pai, o que faço é para seu bem.*
— *O senhor não é meu pai.*
— *O que estás a dizer?*
— *O senhor não passa de um monstro!*

Fitei, a medo, o semblante de Silvestre: as rugas não lhe cabiam no rosto e veias malignas sulcavam-lhe o pescoço. Abria e fechava a boca, mais do que as palavras pediam. Como se, para tanta raiva, falar fosse pouco. O que ele queria dizer estava para além de qualquer idioma. Esperei a explosão que sempre sucedia quando lhe ferviam os óleos. Mas não. Passado um instante, Silvestre assentou fervuras. Parecia mesmo ceder e aceitar a razão de Ntunzi. Essa cedência seria facto único: meu pai era teimoso como agulha de bússola. E, afinal, foi na teimosia que ele prosseguiu. Ergueu o queixo, com pose de rei em baralho de cartas, e rematou, sobranceiro:
— *Não estou a ouvir nada.*

— *Pois, desta vez, vai continuar a não ouvir. Vou dizer tudo, tudo o que esteve guardado, aqui dentro...*
— *Não se ouve nada* — queixou-se meu pai, olhando para mim.
— *O senhor foi o avesso de um pai. Os pais dão os filhos à vida. O senhor sacrificou as nossas vidas à sua loucura.*
— *Você queria viver na merda daquele mundo?*
— *Eu queria viver, pai. Simplesmente viver. Mas agora é tarde para perguntar...*
— *Eu sei muito bem quem colocou ideias na sua cabeça. Mas amanhã isso vai terminar... e é de vez.*
— *Sabe o que lhe digo? Durante muito tempo pensei que o senhor tinha assassinado a minha mãe. Mas agora sei que foi o inverso: foi ela que o matou a si.*
— *Cale-se ou lhe arrebento as fuças.*
— *O senhor está morto, Silvestre Vitalício. Cheira a podre, já nem o atrasado desse Zacaria consegue suportar o seu cheiro.*

O braço de Silvestre Vitalício se ergueu e faiscou no ar para fulminar o rosto de Ntunzi. O sangue saltou e eu me atirei de encontro ao corpo de meu pai. A intervenção da portuguesa, subitamente surgida do nada, complicou a briga. Uma dança caricata de corpos e pernas percorreu o quarto até que os três tombaram embrulhados no chão. Cada um se levantou, se sacudiu e ajeitou as roupas. Foi Marta quem falou primeiro:
— *Cuidado, ninguém aqui quer bater numa mulher, não é assim, senhor Mateus Ventura?*

Durante um tempo, Silvestre deixou o gesto em

suspenso, o braço elevado acima da cabeça, como se uma súbita paralisia o tivesse deixado em estado catatónico. A portuguesa se aproximou, maternal:

— *Mateus...*

— *Já lhe disse que não me chamasse esse nome.*

— *Não se pode esquecer tudo tanto tempo. Não existe viagem assim tão longa...*

E nos despedimos sem que suspeitássemos do desevento que iria ocorrer essa noite. Os pneus do carro de Aproximado iriam ser esquartejados, reduzidos a elásticos de fisga. Na manhã seguinte, a viatura despertaria paralítica, descalça sobre o chão escaldante da savana.

Segundos papéis

*Uma noite de lua pálida e gerânios
ele virá com a boca e mão incríveis
tocar flauta no jardim.
Estou no começo do meu desespero
e só vejo dois caminhos:
ou viro doida ou santa.
Eu que rejeito e exprobro
o que não for natural como sangue e veias
descubro que estou chorando todo dia,
os cabelos entristecidos,
a pele assaltada de indecisão.
Quando ele vier, porque é certo que vem,
de que modo vou chegar ao balcão sem juventude?
A lua, os gerânios e ele serão os mesmos
— só a mulher entre as coisas envelhece.
De que modo vou abrir a janela, se não for doida?
Como a fecharei, se não for santa?*

Adélia Prado

Quando anunciei, em Lisboa, que ia resgatar o marido perdido em África, a minha família abdicou do seu habitual distanciamento fleumático. O meu pai chegou a dizer, no calor da discussão:

— *Esses delírios, minha filha, têm um nome: dor de corno!*

Eu já estava chorando, mas só então reparei nas lágrimas. A mãe contemporizou. Reiterou, contudo, o seu ceticismo: "Ninguém salva um casamento, só o amor".

— E quem lhe disse que não há amor?
— Isso ainda é mais grave: o amor é quem não tem salvação.

No dia seguinte, consultei os jornais e percorri as páginas dos anúncios classificados. Antes de ir para África devia fazer com que África viesse até mim numa cidade que dizem ser a mais africana da Europa. Procuraria Marcelo sem ter de sair de Lisboa. Foi nessa convicção que, ante a página dos anúncios classificados, o meu dedo parou sobre o Professor Bambo Malunga. Junto à fotografia do adivinho listavam-se as mágicas habilidades: "Traz de volta pessoa querida, ajuda a encontrar pessoa perdida...". No final, se acrescentava: "... e o cliente pode pagar com cartão de crédito". No meu caso, talvez fosse cartão de descrédito.

No dia seguinte, percorri as ruas estreitas da Amadora carregando uma saca com apetrechos que o anúncio pedia: "foto da pessoa, sete velas pretas, três velas brancas, uma garrafa de vinho ou aguardente".

O homem que me abriu a porta era quase um gigante. A túnica colorida aumentava ainda mais o seu volume. Hesitei no tratamento de "professor" quando me apresentei:

— Fui eu que liguei ontem, professor.

Bambo era de outras Áfricas, mas não se acanhou: "Os africanos", disse ele, "são todos bantos, todos parecidos, usam as mesmas manhas, os mesmos feitiços." Fiz que acreditava, enquanto seguia por entre estatuetas de madeira e panos pendurados nas paredes. O apartamento era acanhado e eu cuidava de não pisar as peles de zebra e de leopardo que recobriam o chão. Mortos que pudessem estar, bicho é para não ser pisado.

Depois de me destinar um banco redondo, o adivinho conferiu as coisas trazidas e corrigiu uma falha minha:

— *Falta uma peça de vestuário do marido. Disse-lhe ontem, ao telemóvel, que precisava de uma roupa íntima.*

— Íntima? — repeti, sem alma.

Por dentro sorri. Toda a roupa de Marcelo era íntima, toda ela roçou o seu corpo, toda passou por meus encantados dedos.

— *Volte amanhã, senhora, com os materiais completos* — sugeriu delicadamente o adivinho.

No dia seguinte vazei o guarda-fatos de Marcelo numa sacola de mão e atravessei Lisboa com esse fardo. Não cheguei à Amadora. A meio do caminho parei junto ao rio e lancei as roupas nas águas como se as despejasse no chão do consultório do adivinho. Fiquei olhando como flutuavam e, de súbito, me pareceu que era Marcelo que vogava nas águas do Tejo.

Nesse momento senti-me uma curandeira. A roupa, primeiro, é um abraço acolhendo os que nascem. Vestimos, depois, os mortos como se partissem em viagem. Nem o professor Bambo podia imaginar as minhas artes feiticeiras: as vestes de Marcelo seguiam como prenúncio do nosso reencontro. Algures, no continente africano, haveria um rio para me devolver o meu bem-amado.

***

Acabei de chegar a África e o lugar parece demasiado imenso para me receber. Vim para encontrar alguém. Desde que cheguei, porém, não faço senão perder-me. No hotel, já instalada, vejo como é frágil a minha ligação com este novo mundo: sete algarismos rabiscados nas costas de uma fotografia. Esse número é a única ponte para atravessar a ponte que me pode levar a Marcelo. Não há amigos, não há conhecidos, não há sequer desconhecidos. Estou só, nunca estive tão só. Os meus dedos sabem dessa solidão quando discam e desistem. E depois voltam a discar. Até que uma voz maviosa atendeu do outro lado:

— *Quem fala?*

A voz ficou-me presa, eu estava incapaz de dizer fosse o que fosse. A pergunta da minha rival era absurda: quem fala? Se eu não tinha emitido palavra. Seria mais apropriado ela perguntar: quem não fala? Segundos depois, a voz insistiu:

— *Daqui, Noci. Quem fala daí?*

Noci. Esse era o nome. Até então a outra era um rosto imóvel. Agora era uma voz e um nome. Um arrepio me devolveu a fala: revelei tudo de uma só vez, como se apenas num rompante fosse capaz de me explicar. A mulher ficou por um momento calada e, a seguir, imperturbável, combinou vir ter ao hotel. Uma hora depois, no bar junto à piscina, ela se apresentou. Era jovem, envergava um vestido branco, sapatilhas da mesma cor. Algo se quebrou dentro de mim. Contava encontrar alguém com pose de rainha. Em vez disso, perante mim estava uma jovem derrotada, dedos trémulos como se o cigarro fosse um peso demasiado.

— Marcelo me deixou...

Estranha sensação: a amante do meu marido confessava-me ter sido deixada pelo meu marido. De repente, eu já não era mais a que foi traída. E nos convertíamos as duas desconhecidas em antigas parentes, partilhando um mesmo abandono.

— *Marcelo meteu-se com uma mulher casada.*

— *Antes ele já andava metido com uma mulher casada.*

— *Aqui?*

— *Não, lá. Era eu. E quem é esta nova mulher?*

— *Nunca cheguei a saber. De qualquer modo, Marcelo também já não está com essa outra. Ninguém sabe onde para.*

Recolheu a cinza do cigarro na concha da própria mão. Foi esse tombar de cinza que me fez entender o que ela não me estava dizendo. Inventei uma razão para ir ao quarto. Seria um minuto, justifiquei. Mas o que chorei nesse breve instante foi o pranto de uma vida inteira.

***

Regressei, já refeita. Mesmo assim Noci notou os meus olhos martirizados.

— *Deixemos Marcelo, deixemos os homens...*

— *Nenhum vale tristezas de uma mulher.*

— *Quanto mais de duas.*

E ficámos falando dessas coisas nenhumas que as mulheres sabem manter em verbo. Magoou-me a solidão daquela mulher, quase menina. Ela me elegia como confessora e, durante um tempo, se queixou do que sofreu por ser amante de um branco. Nos locais públicos, os olhares a condenavam: *é uma puta!* E como familiares a tinham, em direção oposta, incentivado a sair do país e se aproveitar do estrangeiro. Enquanto Noci falava, ainda me ocorreu: se a visse, entrando num bar com meu Marcelo, que diria eu, que raivas irromperiam de mim? A verdade é que, agora, não sentia senão um solidário afeto por aquela mulher. De todas as vezes que a tinham insultado, eu tinha sido também ofendida.

— *E agora, Noci, o que fazes?*

Para conseguir emprego, ela se entregou nos braços de um comerciante, dono de negócios. Chamava-se Orlando Macara e era o seu patrão diurno e amante noturno. Na entrevista para seleção do posto de trabalho, Orlando chegou tarde, coxeando como ponteiro do relógio e medindo-a de alto a baixo, sorriso matreiro, disse:

— *Nem preciso de olhar para o currículo. Fica recepcionista.*

— *Recepcionista?*

— *Para me recepcionar a mim.*

Obtivera emprego demitindo-se de si mesma. No fundo, dentro dela se havia formado uma decisão. Ela se separaria em duas como um fruto que se esgarça: o seu corpo era a polpa; o caroço era a alma. Entregaria a polpa aos apetites deste e de outros patrões. A sua própria semente, porém, seria preservada. De noite, depois de ter sido comido, lambuzado e cuspido, o corpo retornaria ao caroço e ela dormiria, enfim, inteira como um fruto. Mas esse sono reparador tardava a ponto de ela desesperar.

— *Amigas minhas comentam. Mas eu pergunto: agora que ando com um da minha raça já não é prostituição?*

Não me perguntava pela minha opinião. Noci estava segura, fazia muito que não havia que ponderar sobre estas mágoas. Uma puta aluga o corpo. No seu caso era o inverso: o seu corpo é que a alugava a ela.

— *Estou bem assim, pode crer...*

A negra viu a dúvida no meu rosto. Como se pode ser feliz tendo um corpo que deixou de ser nosso? O sexo, disse ela, não se faz nem com o corpo nem com a alma. Faz-se com o corpo que está debaixo do corpo. De novo, os dedos estremeceram fazendo a cinza tombar. Naquele instante passaram-me sob os olhos as roupas de Marcelo flutuando nas águas do rio. Essas roupas tinham sido desabotoadas por aqueles mesmos dedos esguios.

— *Há tanto tempo que não faço amor*— confessei — *que já não me lembro como se despe um homem.*

— *Está assim tão mal?*

E rimo-nos, como se fôssemos antigas amigas. Juntara-nos a mentira de um homem. O que nos unia era a verdade de duas vidas.

* * *

Orlando Macara, patrão de Noci, veio buscá-la ao hotel. Fui apresentada e, desde logo, reconheci: o homem era a afabilidade em pessoa. Atarracado e coxo, mas de inexcedível simpatia.

— *Como se conheceram as duas?* — perguntou-nos.

Não tinha ideia do que responder. Mas Noci improvisou de forma surpreendente:

— *Cruzámo-nos na internet.*

E desconversou sobre as vantagens e os perigos dos computadores.

Orlando quis saber das razões da minha visita, quis conhecer as minhas impressões. Quando lhe falei de Marcelo, subitamente se acendeu nele uma lembrança.

— *Tem uma fotografia dele?* — inquiriu. Exibi a imagem que trago na carteira. Enquanto Orlando espreitava por detalhes, me dirigi a Noci:

— *Marcelo ficou bem nesta foto, não ficou?*

— *Eu não conheço esse homem de lado nenhum!* — respondeu ela abruptamente.

O comerciante ergueu-se e levou a carteira para junto da janela. Segui-lhe os movimentos, com alguma suspeição, até que ele exclamou:

— *É este mesmo. Eu levei esse seu marido para a coutada.*

— *E quando foi?*

— *Foi há um tempo. Ele queria fotografar bichos.*

— *E deixou-o por lá?*

— Quase.
— Como quase?
— Deixei-o antes de chegarmos ao destino, perto do portão de entrada. Não a quero preocupar mas ele pareceu-me doente...

A doença de Marcelo, podia ter respondido, era ele mesmo. Noutras palavras, era um homem sem cura.

— E nunca mais ouviu falar de Marcelo, se regressou, se ficou por lá?

— Ficar por lá? Minha senhora: aquele não é um lugar de ninguém ficar...

***

Nessa noite, já sozinha no quarto, matutei sobre as razões que teriam levado Marcelo a querer deslocar-se à coutada. Não seria apenas pela fotografia. Mistérios me roeram o sono, até que, manhã cedo, eu convoquei de novo os serviços do namorado de Noci. Compareceu tarde, mas mancando de tal modo que o seu coxear não me pareceu um defeito, mas um pedido de desculpa pelo atraso. Ou, quem sabe, uma gentileza para com a terra que pisava? Noci acompanhava-o. Desta feita, porém, manteve-se tão distante e recatada que dificilmente reconheci a moça do dia anterior. Fui direta ao meu assunto:

— Leve-me onde deixou o meu marido.

Esperava a reação negativa de Orlando. Que aquilo não era lugar nem sequer para homens, quanto mais para uma mulher. E uma mulher branca, com os devidos respeitos. Insisti que levasse à coutada.

— *O seu marido, cara senhora, o seu marido já não está lá...*

— *Eu sei.*

Orlando Macara fez-se difícil. Entendi que era uma questão de pagamentos. E o assunto ficou fechado: iria com ele até à entrada onde tinha deixado Marcelo. Depois, Orlando não tinha mais nada a ver com o assunto.

— *Por que não lhe diz tudo, Orlando?*

A intervenção de Noci não deixou de me surpreender. Argumentou a meu favor e revelou que, na coutada, viviam familiares de Orlando e que, certamente, me receberiam.

— *Familiares? Aquilo são familiares?*

— *São estranhos. Mas boa gente.*

— *Não fale com eles, são todos loucos.*

Renitente, Orlando acabou por ceder. Mesmo assim, enumerou um mar de instruções: eu deveria evitar contatos com a família residente no acampamento. E entender as idiossincrasias de cada um dos quatro habitantes.

— *Por exemplo, eu, lá, não sou Orlando.*

— *Como não?*

— *Sou Aproximado. É assim que me conhecem lá: sou o Tio Aproximado.*

A condição de ser conduzida era aceitar uma mentira: se na coutada me perguntassem como tinha ali chegado eu devia desresponsabilizar Orlando. Eu tinha vindo sozinha.

***

Orlando passou cedo pelo hotel. Segui com o meu carro atrás do seu velho camião. A viagem era longa, a mais longa que fiz em toda a minha vida. A carripana estava em tal estado de decadência que a viagem iria demorar três dias.

Me apeteceu experimentar a sensação de fazer algo que, certamente, nunca mais teria oportunidade de fazer: dirigir um tão decadente veículo por tão vertiginosas rodovias.

— *Orlando, deixe-me guiar, só um pouco.*
— *Habitue-se a chamar-me de Aproximado.*

Ele me autorizava a conduzir, mas apenas enquanto não saíssemos da cidade. Foi assim que guiei por estreitas estradas suburbanas. Raramente cheguei a ver as ruas, tão cheias de gente e lixo me surgiram. Adivinhava a estrada pelas duas filas de pessoas que ladeavam as bermas. As pessoas, aqui, não caminham pelos passeios. Vão pela estrada como se fosse seu direito natural.

E me perguntava: serei capaz de guiar neste caos? Só depois entendi que não era eu que conduzia. Eram as mãos de Marcelo que me conduziam, e eu havia muito que estava cega por dentro e por fora. Era como a estrada africana: só se percebe que existe pela presença de quem a percorre.

Devolvi o volante a Orlando e mudei para o meu

lugar, com uma certeza: pouca diferença faz se conduzia ou se era conduzida. Houve tempo em que quis viajar pelo mundo. Agora só queria viajar sem mundo.

※ ※ ※

 Assim que saímos da cidade, desabou o céu: nunca vi tamanho dilúvio. Tivemos que parar porque a estrada não oferecia segurança. De repente, sobre a corrente das águas pluviais, pareceu-me ver passar as roupas de Marcelo. E eu pensava: "O Tejo transbordou em solos tropicais e em alguma margem próxima o meu amado me espera".
 Pensava que sabia o que era chover. Naquele momento, porém, eu revia os verbos e receava que, em lugar de viatura, deveria ter alugado um barco. Depois de a chuva terminar, porém, é que sucedeu a inundação: um dilúvio de luz. Intensa, total, capaz de cegar. E me surgiram quase indistintas: a água e a luz. Ambas em excesso, ambas confirmando a minha infinita pequenez. Como se houvesse milhares de sóis, incontáveis fontes de luz dentro e fora de mim. Eis o meu lado solar, nunca antes revelado. Todas as cores descoloriram, todo o espetro se tornou num lençol de brancura.
 Marcelo veste-se sempre assim, de branco. Talvez ele esteja aqui ao alcance de um olhar. Sei que sim, sinto que Marcelo está aqui, presente, ao alcance de uma palavra. Não o vejo apenas por causa da reverberação da luz, da coincidente incidência da claridade.

***

Mais além passo por um grupo de mulheres. Banham-se numa lagoa de águas rasas. Outras, mais adiante, lavam roupa. Paro o carro e aproximo-me. Quando reparam em mim, cobrem-se com panos, apressadamente amarrados na cintura. Os seios estão mirados, desmaiados sobre o ventre. Não terá sido certamente por este tipo de mulheres que Marcelo se deixou inebriar.

Fico a observá-las longamente. Riem-se como se conhecessem os meus segredos. Saberão da minha condição de atraiçoada? Ou será que nos une a condição de mulheres, atraiçoadas sempre por um destino infiel? Depois, as camponesas retomam o caminho, com latas e fardos à cabeça. Só então percebo a elegância de que são capazes. O passo de gazela anula o peso que transportam, as ancas flutuam como bailarinas evoluindo num palco sem fim. Elas estão em eterno espetáculo, exatamente porque ninguém nunca olha para elas. De lata na cabeça, atravessam a fronteira entre céu e terra. E penso: a mulher não transporta água; ela traz os rios todos dentro. Essa nascente foi o que Marcelo perseguiu dentro de si mesmo.

De súbito, das mãos de uma lavadeira escapam-se roupas que me parecem familiares. São camisas brancas de uma alvura que não me era estranha. Um calafrio me paralisa: aquelas são roupas de Marcelo. Transtornada, desço aos tropeções a ladeira e as mulheres se assustam com a minha intempestiva aproximação.

Gritam na sua língua, recolhem as roupas da água e escapam pela margem oposta.

**

Acordamos cedo, no segundo dia de viagem. Contemplo o Sol a nascer e, na poeira, parece-me um pedaço da Terra que se separou e emerge, em levitação. África é o mais sensual dos continentes. Odeio ter de aceitar esse cliché. Saio da viatura e sento-me nas traseiras do camião. Este silêncio não é calmaria alguma que tivesse experimentado antes. Não é uma ausência que apressadamente preenchemos com o medo do vazio. É um despertar por dentro. Eis o que sinto: sou possuída pelo silêncio. Nada é anterior a mim, penso. E Marcelo ainda vai nascer. Venho testemunhar o seu parto.

— *Sou a primeira criatura* — proclamo em voz alta, reabrindo os olhos, perante o espanto de Aproximado.

As luzes, as sombras, a paisagem toda parece recém-criada. E até mesmo as palavras: era eu que as estava vestindo, como se fossem crianças que, aos domingos, inundam as praças das pequenas vilas.

— *Veja, senhora Marta. Veja o que encontrei* — anunciou Aproximado, exibindo na sua mão um rolo fotográfico.

— *Era de meu marido?*

— *Sim. Parei aqui com ele, para descansarmos.*

De repente, o sentimento de criação se ensombra. Nada, afinal, é um princípio. Na minha vida tudo é agónico, terminal. Eu sou a que já foi. Venho em busca do meu marido. Se é que se pode chamar marido a um homem que fugiu com outra. Este pode ser o lugar do princípio do mundo. Mas é o meu fim.

* * *

E de novo, as mulheres. São outras, mas para mim nada as distingue das anteriores. Seminuas cruzam a estrada. A nudez dos africanos já foi assunto de discussão entre mim e Marcelo. De repente, emergiram os corpos negros no comércio do desejo socialmente aceitável. Mulheres e homens de pele escura assaltaram revistas, jornais, televisão, desfiles de modas. São corpos belos, esculpidos com graça, balanço, erotismo. E me interrogo: como nunca os tínhamos visto antes?

Como é que a mulher africana passou de assunto etnográfico para figurar nas capas das revistas de moda, nos anúncios de cosméticos, nas passarelas da alta-costura? Marcelo, eu bem notava, deleitava-se com a contemplação dessas imagens. Uma raiva funda fervia em mim. Era certo que a invasão da sensualidade negra era um sinal que os padrões de beleza se tornaram menos preconceituosos. A nudez da mulher negra, contudo, me conduzia ao meu próprio corpo. Pensando no modo como via o meu corpo concluí: eu não sabia estar nua. E dei conta: o que me cobria não era tanto o vestuário mas a vergonha. Era assim desde Eva, desde o pecado. Para mim, África não era um continente. Era o medo da minha própria sensualidade. Uma coisa parecia certa: se queria reconquistar Marcelo, precisava de deixar África emergir dentro de mim. Precisava de fazer nascer, em mim, a minha nudez africana.

* * *

Inspeciono os arredores enquanto me agacho. O chão está atravessado por milhares de formigas, desfilando em infinitos carreirinhos. Ouvi dizer que as mulheres destas bandas comem desta areia vermelha. Mortas, são comidas pela terra. Vivas, devoram o próprio chão que, amanhã, as irá engolir.

Faço subir as calcinhas enquanto me levanto. Afinal, vou-me conter. A bexiga esperará até um outro chão. Um chão que não seja rabiscado por esfaimados insetos.

Regressamos ao camião. A estrada é uma serpente que ondula na curva do horizonte. A estrada está viva e a sua grande boca me está devorando.

A viatura vai evoluindo pela savana e a substância da picada se desfaz, uma nuvem de poeira ergue-se como asas de um abutre. A poeira cobre-me o rosto, os olhos, a roupa. Estou sendo convertida em terra, enterrada fora da terra. Sem o saber, estar-me-ei convertendo na mulher africana por quem Marcelo se deixou encantar?

A loucura

Quando a pátria que temos não a temos
Perdida por silêncio e por renúncia
Até a voz do mar se torna exílio
E a luz que nos rodeia é como grades

Sophia de Mello Breyner Andresen

— *O que fazes aqui?*
Os papéis desabaram no chão. Pensei que tombassem leves, em esvoaçada queda. Pelo contrário, se despenharam num único maço e o ruído que fizeram calou as cigarras em volta da casa.
— *Estavas a ler as minhas cartas?*
— *Eu não sei ler, Dona Marta.*
— *Então o que fazias com esses papéis na mão?*
— *É que eu nunca tinha visto...*
— *Nunca tinhas visto o quê?*
— *Papéis.*
Marta se debruçou a coletar as folhas. Conferiu-as uma por uma, como se cada uma encerrasse uma incalculável fortuna.
— *O meu pai está aos berros, lá no acampamento. Acho melhor ir.*

***

Os pneus trucidados do carro da portuguesa tinham enlouquecido definitivamente o meu pai. Na varanda, Silvestre, desgrenhado, se lamentava:

— *Estou cercado de traidores e cobardes.*

A lista das sabujices era longa: o filho mais velho o desrespeitava, o cunhado passara para a banda dos de Lado-de-Lá; alguém lhe tinha mexido na caixa do dinheiro; e mesmo Zacaria Kalash já começava caindo na desobediência.

— *Só falta você, meu filho, só falta você me abandonar.*

Deu um passo em frente para me tocar e eu me desviei, fazendo de conta que ajeitava os chinelos, e assim fiquei, cabisbaixo, até que ele se afastasse para o seu habitual lugar de repouso. Meus olhos não desgrudaram do chão, ciente de que ele leria os meus atravessados sentimentos.

— *Venha aqui, Mwanito. Eu estou carecido de um silêncio.*

Sentado na poltrona, cerrou os olhos e deixou tombar os braços como se tivessem deixado de lhe pertencer. Quase tive pena de Silvestre. No entanto, não podia deixar de pensar que aqueles mesmos braços tinham repetidamente espancado meu pobre irmão. E tinham sido, quem sabe, aqueles os braços que haviam estrangulado Dordalma, minha querida mãe.

— *Não estou sentindo nada, o que se passa, Mwanito?*

O silêncio é uma travessia. Há que ter bagagem para ousar essa viagem. Silvestre, naquele momento, estava vazio. E eu repleto de mágoa e suspeita. Como podia burilar um silêncio, com tanto zumbido na minha cabeça? Apressadamente me levantei, me inclinei respeitoso à passagem pela poltrona e me afastei.

— *Não me deixe, meu filho, eu nunca estive tão desesperado... Mwanito, venha.*

Não fui. Fiquei na esquina, oculto pela parede que fazia de encosto. Escutei o farfalhar do peito dele. Parecia que o velho ia desaguar num pranto. De súbito, o sucedido se deflagrou em espanto: meu pai trauteava uma melodia! Pela primeira vez, nos meus onze anos de vida, escutei meu velho cantar. Era um trecho triste e a voz dele era como um riachinho feito só de cacimbas. Apertei os braços de encontro aos joelhos: meu pai cantava e a sua voz cumpria o propósito divino de afastar as escuras nuvens.

Me apurei, todo o meu corpo escutando, como se soubesse que aquela era a primeira e a última vez do canto de Vitalício.

— *Estou a gostar de ouvir, cunhado.*

Quase saltei, com o susto da chegada de Aproximado. Meu pai se assustou ainda mais, envergonhado por ter sido flagranteado em exercício de cantorias passadistas.

— *Me saiu, assim, sem querer.*

— *Tantas vezes me recordo do coral da nossa igreja, você era o maestro, Silvestre, você fazia aquilo tão bem...*

— *Vou-lhe confessar uma coisa, cunhado. Não há coisa de que tenha mais saudade.*

Mais que as pessoas, mais que os amores e os amigos. Era a ausência da música que mais lhe custava. No meio da noite, disse, entre lençóis e cobertores ele trauteava em surdina. Lhe surgiam, então, as restantes vozes, acertadas com tal rigor que só Deus as podia escutar.

— *É por isso que não deixo os miúdos rondarem, de noite, o meu quarto.*

— *Você, afinal, desobedecia, caro Silvestrão...*

E tantas vezes, confessou ele no momento, tantas vezes lhe apeteceu pedir a Aproximado que trouxesse da cidade o seu velho acordeão. Tudo isso Silvestre Vitalício confessou e as mãos lhe tremiam de tal modo que o outro se preocupou:

— *Você está bem, cunhado?*

Silvestre ergueu-se, para engomar os nervos. Repuxou os ombros, apertou o cinto, tossiu e declarou:

— *Estou bem, sim, foi uma coisa passageira.*

— *Ainda bem, caro cunhado, porque lhe venho falar de uma coisa muito pouco passageira.*

— *Assim anunciada, não deve ser coisa boa...*

— *Como já lhe tinha dito, fui readmitido nos Serviços de Fauna, agora com novas responsabilidades...*

O pai retirou do bolso o maço de cigarros e iniciou o longo ritual de enrolar o tabaco. Ergueu o rosto e voltou a enfrentar o visitante:

— *É onde você está bem, Aproximado, no departamento dos bichos...*

— *E é nessa nova qualidade que lhe venho anunciar uma coisa aborrecida. Caro Silvestre, você tem que sair daqui.*

— *Daqui de onde?*
— *Foi aprovado um projeto de desenvolvimento para esta área. A coutada foi privatizada.*
— *Não sei falar essa língua. Explique melhor.*
— *Os Serviços de Fauna deram esta concessão a uns estrangeiros privados. Você vai ter que sair.*
— *Deve estar a brincar. Esses estrangeiros privados, quando chegarem, que falem comigo.*
— *Você vai ter que sair antes.*
— *Engraçado: eu esperava que Deus viesse a Jesusalém. Afinal, quem vai chegar são estrangeiros privados.*
— *É assim, o mundo...*
— *Quem sabe os estrangeiros privados são os novos deuses?*
— *Quem sabe?*
— *É estranho como as pessoas mudam.*

Silvestre passou em revista: primeiro, Aproximado era seu quase irmão, todo cunhadíssimo, sendo tudo família, simpatias e ajudas. Depois, esse auxílio passou a ser cobrado e as idas e vindas se converteram num negócio de pagamento antecipado. Mais recentemente, Aproximado desembarcou com cara de governo, a dizer que o Estado o queria tirar dali. Agora, ele comparecia, com cara de dinheiro, anunciando que estrangeiros sem nome nem rosto eram os novos donos.

— *Não esqueça, cunhado, lá fora há um mundo. E esse mundo mudou. É a globalização...*
— *E se eu não sair? Expulsam-me à força?*
— *Isso não. Os doadores internacionais estão aten-*

tos aos direitos humanos. Há um plano de reassentamento para as comunidades locais.
— E eu, agora, sou comunidade local?
— É melhor que seja, meu cunhado. É muito melhor do que ser Silvestre Vitalício.
— Pois se eu sou comunidade, você já deixou de ser meu cunhado.

Dedo em riste, voz em crista, Silvestre arrematou: que o funcionário e ex-cunhado ficasse sabendo que quem é reassentável é o gado bovino. Que ele, Silvestre Vitalício, outrora conhecido como Mateus Ventura, iria morrer ali, junto do rio Kokwana que ele mesmo batizara.
— Percebeu, funcionário? E quem me irá enterrar são esses meus dois respetivos...
— Seus filhos? Seus filhos já decidiram que irão comigo. Você vai ficar sozinho.
— Zacaria não me vai deixar...
— Já falei com Zaca, ele também chegou ao fim.

Meu velho ergueu o rosto, o olhar, vazio, vagalumeando. Eu sabia: procurava, dentro de si, os temperos da paciência.
— Acabaram as novidades, cunhado?
— Não tenho mais nada. Agora, vou-me embora.
— Antes de ir, meu amigo, me diga: como é o seu nome?
— Que brincadeira é essa, Silvestre?
— Vou-lhe mostrar uma coisa, meu caro estranho. Não se ofenda se lhe chamo assim, sempre preferi os estranhos aos amigos...

Enquanto falava, ele se ergueu, empurrou as mãos

para o fundo dos bolsos e retirou maços de notas que amontoou no chão, junto aos pés.

— Sempre preferi os amigos aos familiares. Você agora tem a vantagem de ser um estranho.

Dobrou-se e fez uma concha com a mão esquerda enquanto acendia um fósforo com a direita.

— O que está a fazer, Silvestre? Está maluco?

— Estou a fumar o meu dinheiro.

— Esse dinheiro, Silvestre, é para me pagar as mercadorias...

— Era.

Com a alucinação estampada, Aproximado se afastou e quase tropeçou em mim ao virar a esquina. Eu me conservei, imóvel a espreitar a varanda. Dali enxerguei meu velho voltando a ocupar a velha poltrona, suspirando ruidosamente e proferindo as mais inesperadas palavras:

— Já falta pouco, Alminha. Já falta pouco.

Minha pele ainda estava engalinhada quando, furtivo, escapei como sombra por entre os arbustos. Já em território seguro, me soltei em correria.

***

— Está a correr de quem, Mwanito?

Zacaria estava sentado à porta do paiol, a mão empunhando uma pistola como se tivesse acabado de disparar.

Recolhi à pressa e fiz assento ao lado do militar. Senti que ele me queria dizer algo. Mas ele ficou sem palavra, por um tempo, enquanto usava o cano da pistola para fazer desenhos na areia. Fui dando atenção aos rabiscos sulcados no chão e, de repente, percebi que Zacaria escrevia. E me sacudiu a alma ao ler o que havia grafado: Dordalma.

— *Minha mãe?*

— *Não se esqueça, miúdo: você não sabe ler. Como é que fez, adivinhou?*

Entendi que era tarde demais: Kalash era um caçador e eu tinha pisado a armadilha que ele montara.

— *E sei mais, miúdo. Sei onde você tem escondidos os seus papéis escritos.*

Era certo e sabido que ele iria contar tudo ao seu patrão e meu pai, Silvestre Vitalício. Não tardaria que eu e Ntunzi pertencêssemos ao mesmo grupo de excomungados.

— *Não tenha receio. Eu também já menti por causa de palavras e papéis.*

Com a sola do pé apagou o nome da minha mãe. Os grãos de areia engoliram as letras, uma a uma, como se a terra voltasse a deglutir Dordalma. Depois, Zacaria contou-me o que lhe tinha acontecido nos seus tempos da companhia de comandos coloniais. Chegava o correio e ele era o único a quem nunca ninguém escrevia. Invariavelmente, Zacaria era excluído, sentindo-se que lhe pesava uma raça: não a da cor da pele, mas dos que ficam sempre do lado de fora da alegria.

— *Nunca nenhuma mulher me escreveu. Para mim, Jesusalém começou mesmo antes de aqui chegar...*

Uma meia dúzia de soldados portugueses, incapazes de ler, elegera-o para ser o decifrador das cartas que chegavam de Portugal. Esse era o seu momento. Sentado no leito cimeiro dos beliches da camarata, os olhos ávidos dos brancos o contemplavam como a um poderoso profeta.

Mas a efémera vaidade não se equiparava com o êxtase dos que recebiam cartas. A inveja de Zacaria não tinha dimensão. Do outro lado do mundo chegavam mulheres, amores, aconchegos. E até o nome dos postais lhe suscitava ciúmes: "aerograma". Para ele era quase nome de pássaro. Lhe ocorreu, então, fazer passar-se por um dos portugueses. E foi assim que Zacaria Kalash ganhou, por indevido cruzamento de identidade, uma madrinha de guerra.

— *É esta aqui, veja. Maria Eduarda, a Dadinha...*

E mostrou-me a fotografia de uma mulher de pele clara, cabelos puxados sobre os olhos, grandes brincos nas orelhas. Sorri para mim mesmo: a minha madrinha sem guerra, a minha Marta, era, sem dúvida, muito mais branca que aquela mulher de olhos tristes. Zacaria não notou como eu, por um instante, me distanciara. O militar guardou a fotografia no bolso enquanto me explicava que ele nunca se separava daquele talismã de papel.

— *É uma proteção contra as balas.*

Zacaria e a madrinha corresponderam-se durante meses. Até que, no final da guerra, o militar lhe confessou ter falsificado a sua verdadeira identidade. Ela respondeu, na volta: também ela tinha falseado nome, idade e lugar. Maria Eduarda não tinha os vinte e um anos requeridos para ser escrevedora de esperança para mancebos.

— *Cada um de nós foi uma mentira, mas nós os dois fomos verdade. Entende, Mwanito?*

***

Na manhã seguinte, a azáfama era intensa em Jesusalém. Uma vez mais, Silvestre nos tinha convocado para a praça. Um Zacaria abatido e pouco convicto foi quem espalhou o aviso e nos fez perfilar junto ao grande crucifixo. Éramos os habituais. Desta vez, porém, havia uma mulher. Essa mulher, aprumada ao meu lado, parecia ora espantada, ora receosa. Ao peito, a máquina fotográfica rivalizava com a espingarda que Kalash exibia a tiracolo.

— *Quando é que ele vai aparecer?* — perguntou Marta, com ansiedade de espetadora.

Não cheguei a responder. Porque se escutaram barulhos estranhos, semelhando um bando de assustadas perdizes. E deu-se a aparatosa aparição de Silvestre: fazendo de si mesmo uma viatura enquanto emitia intermitentes ruídos de sirenes. O teatro era simples: estava chegando uma autoridade. Fez de conta que lhe abriam a porta da imaginada viatura. Com sobranceria, subiu a um inexistente pódio e proclamou:

— *Senhores e senhoras. O assunto deste comício é da mais extrema gravidade. Tenho recebido alarmantes relatórios das Forças de Defesa e Segurança.*

Permanecemos calados, expetantes. A meu lado, Marta parecia entusiasmada e murmurava: "Fantástico, ele é um ator de mão-cheia!". O inquisitivo olhar do orador percorreu demoradamente a assistência para se deter sobre o meu irmão. O braço acusador não se fez tardar:

— Você, jovem cidadão!
— Eu? — perguntou Ntunzi, aparvalhado.
— Dizem que você dorme lá, na casa dela, da portuguesa.
— Não é verdade.
— Você já fodeu essa puta?
— O que é isso, pai?
— Não me chame de pai...

O grito descontrolado nos embasbacou. Fitei, a medo, o seu semblante: as rugas não lhe cabiam no rosto e veias malignas sulcavam-lhe o pescoço. Abria e fechava a boca, mais do que as palavras pediam. Para o louco, falar é sempre pouco. O que ele queria dizer estava para além de qualquer idioma. Os olhos escancarados de Ntunzi se grudaram nos meus, à procura de um sentido para o que estávamos assistindo.

— A partir de agora, não há cá "pai" nem meio "pai". A partir de hoje, eu sou a Autoridade. Ou melhor, sou o presidente.

Fez que descia do falso pódio, passou rente aos nossos pés, fitando demoradamente cada um. Frente à portuguesa, ele pediu as licenças e lhe retirou a máquina fotográfica.

— Confiscada. À saída do território lhe será devol-

vida, cara senhora. Sem rolos, claro. Entrego isto aqui ao meu ministro do Interior.

E passou o aparelho para os braços de Zacaria. A portuguesa ainda fez menção de reclamar. Mas Aproximado a dissuadiu com um simples olhar. Silvestre regressou ao pódio, fez uso de um copo de água, e pigarreou para prosseguir:

— *Jesusalém é uma jovem nação independente e eu sou o presidente. Sou o presidente nacional.*

E rebuscando os termos, ele se empertigou ainda mais, arrebatado com as suas próprias honrarias:

— *Aliás, como o meu nome já diz, sou o presidente Vitalício...*

O olhar esgazeado se deteve em mim. Em lugar de o fitar, porém, eu me fixei na mosca passeando pela sua barba. Para mim aquela era a mesma mosca de sempre e percorria um velho trajeto: atravessava-lhe a bochecha esquerda e subia para a fronte à espera do safanão brusco que a fazia voltear pelos ares. Meu pai, sim, ele se tinha transmutado. Antes, eu receava deixar de ter pai. Agora, ansiava ser órfão.

— *É pena, a juventude, seiva da nação, tão degradada, nós que depositávamos tanta esperança...*

Voltei a procurar o rosto de Ntunzi, à espera de um entendimento solidário. Em contraste com Marta, meu irmão parecia aterrorizado. Zacaria e Aproximado eram o rosto da inquietação. Essa apreensão somava-se à minha quando o novo Silvestre proclamou a decisão final:

— *Por razões de segurança será imposto o recolher obrigatório em todo o território nacional.*

E a lei marcial seria imposta em resposta àquilo que ele, fixando o olhar em Marta, designou de "ingerências dos poderes coloniais". Que tudo seria vigiado diretamente por ele, o presidente. E executado com ajuda do seu braço direito, o ministro Zacaria Kalash.

Na gloriosa miragem de luzes que marginavam o seu caminhar, ele se voltou para trás para rematar:

— *E pontos finais...*

Ordem para matar

> *Yo me levanté de mi cadáver, yo fui en busca de quien soy. Peregrina de mí, he ido hacia la que duerme en un país al viento.*
>
> Alejandra Pizarnik

A verdade é triste quando é única. Mais triste quando a sua feiura não tem, como no caso dos aerogramas de Zacaria, o concerto da mentira. Naquele momento, em Jesusalém, a verdade era que nosso pai tinha enlouquecido. E não era a benta e salvadora loucura. Era o demónio transvazado nele.
— *Eu falo com ele* — disse Marta, notando a geral preocupação.
Ntunzi não pensou ser boa ideia. Aproximado, no entanto, encorajou que ela visitasse o velho rezingão na sua própria toca. Eu acompanharia a portuguesa, para assegurar que tudo se passaria nos limites do razoável.
Assim que entrámos na penumbra do quarto, a voz rouca de Silvestre nos fez parar:
— *Pediu audiência?*
— *Pedi. Falei com o ministro Zacaria.*
Marta entrava no jogo para além do que Silvestre podia prever. Um misto de surpresa e desconfiança maculou o semblante do meu pai. A estrangeira se abriu, sem rodeios:

— Venho dizer-lhe que vou acatar as suas instruções, Sua Excelência.
— Vai sair de Jesusalém? Como?
— Irei a pé até ao portão, são uns vinte quilómetros. Depois, na estrada, encontrarei alguém que me ajude.
— Pois está prontamente autorizada.
— O problema é o caminho dentro da coutada. Não é seguro. Peço que o seu ministro do Exército me escolte até ao portão.
— Não sei, vou pensar. A bem dizer não gostaria de deixá-la sozinha com Zacaria.
— Porquê?
— Perdi a confiança nele.
E após uma pausa, acrescentou:
— Perdi a confiança em todos.
A portuguesa se aproximou, quase maternal. Parecia que a sua mão ia tocar no ombro do nosso velho, mas a visitante se arrependeu.
— Caro Silvestre, você sabe bem o que é preciso aqui.
— Aqui não é preciso nada. Nem ninguém.
— O que falta aqui é uma despedida.
— Sim, falta a sua despedida.
— Você não se despediu da falecida. É isso que lhe traz tormentos, essa falta de luto não lhe traz sossego.
— Não autorizo que fale desses assuntos, sou o presidente de Jesusalém, não preciso de conselhos vindos da Europa.
— Isto aprendi aqui, convosco, em África. Dor-

dalma precisa de morrer em paz, de morrer derradeiramente.

— Retire-se do Palácio Presidencial antes que a fúria não me deixe responder pelos meus atos.

Tomei a portuguesa pela mão e apressei a sua retirada do quarto. Eu sabia dos limites do meu pai, em estado normal. Na circunstância, a loucura o tornava ainda menos previsível. Antes de sair, Marta deu um passo atrás e voltou a enfrentar o rosto irado de Silvestre.

— Diga-me apenas uma coisa. Ela se ia embora, não é verdade?

— Como?

— No autocarro, Dordalma. Ela ia a fugir de casa...

— Quem lhe disse?

— Eu sei, eu sou mulher.

* * *

— Pode afiar a espingarda, caro Zaca.

— Mas, Silvestre, é mesmo para matar?

— Matar e matar definitivamente.

Zacaria deveria sentir-se feliz por receber uma incumbência daquela dimensão. Matar bichos não era tarefa digna de soldado juramentado. Deus recebeu atestado foi quando criou o Homem. Os bichos são pré-criaturas. O Homem é que é patenteável. Só rasgando a última página do livro de Deus é que ele desafia os poderes divinos.

Não se percebia com que sentimento o militar recebia a missão de assassinar a portuguesa. Impassível, me pareceu. E foi assim, rosto impenetrável e passo mortiço, que partiu Zacaria, espingarda a tiracolo, ante o meu estado de torpor. Olhei para meu pai que se sentava como rei em recente trono. Não valia a pena me derramar a seus pés e implorar clemência. Era irreversível: Marta, minha recente mãe, ia ser assassinada, sem que eu pudesse fazer nada. Onde estaria Ntunzi? Corri pelo quarto, pela cozinha, pelo corredor. Não havia vestígio de meu irmão. E Tio Aproximado ainda não tinha chegado do outro lado do mundo. Me derrubei no chão, descaído e vazio, à espera do inevitável disparo. Saberia eu ficar, de novo, órfão?

Contudo, nada disso sucedeu. O militar não deveria ter ido longe, pois minutos depois estava de regresso, a sua sombra preenchendo a entrada da nossa casa.

— *O que aconteceu?* — interrogou-se meu velho.
— *Desconsegui.*
— *Conversa. Volte para lá e faça o que mandei.*
— *Não posso.*
— *Deixou de ser soldado?*
— *Deixei de ser Zacaria Kalash.*
— *Conversa* — insistiu o pai. — *A ordem que lhe dei...*
— *Não se zangue, Silvestre, mas essa ordem nem Deus me pode dar.*
— *Não o quero ver à minha frente, Zacaria Kalash. Vá para as traseiras, vão-se vocês também, já não são meus filhos.*

Que a única criatura que merecia seus afetos era

Jezibela. E ele, Silvestre Vitalício, nos iria mandar para o curral. Em troca, a sua amada viria para dentro de casa. E era decisão definitiva e irrevogável.

* * *

Acompanhei Zacaria até ao paiol, enquanto Ntunzi foi procurar a estrangeira. No caminho, o militar se lastimou o tempo inteiro. Declarava o seu arrependimento, como se nos pedisse absolvição:

— *Eu ajudei a matar a vossa infância.*

E repetia:

— *Metade do que fiz foi errado; o resto foi mentira.*

A única coisa que lhe sobrara, inteira e valiosa, tinha sido a pontaria. O modo certeiro como poupava de serem mortos os animais que caçava.

Já sentados na soleira da porta, pedimos-lhe que descontasse nas suas amarguras. O homem não respondeu. Puxou as calças para cima e exibiu as pernas:

— *Está a ver? As balas já não se seguram.*

E uma bala tombou, sem amparo, sobre o pavimento.

— *Estão a falar comigo.*

— *Quem?*

— *As balas. Estão-me a dizer que a guerra acabou e que não volta mais.*

— *Não era você que dizia que as guerras não terminam nunca?*

— *Quem sabe o que tivemos no país nem foi uma guerra* — disse Zacaria, como se fosse um lamento.

— Como posso saber? Eu vivi sempre aqui, longe de tudo...

— Ficar longe era também o que eu queria, longe das guerras. Mas agora vou-me embora.

A Paz já instalada no Lado-de-Lá: o que mais o prendia aqui? Mesmo entendendo, me custava aceitar as suas razões.

— Por que nunca foi embora antes?

— Por causa de Silvestre.

— Você sempre lhe obedeceu como se fosse um filho.

— Era ainda pior — disse ele.

Pior? Ele obedecia como apenas um pai pode obedecer a um filho. Foi assim que se expressou, com misteriosa circunspeção.

— Não entendo, Zaca — disse eu.

— Vou contar-lhe uma história, uma coisa verdadeira que me aconteceu...

Passou-se na Guerra Colonial, numa picada lá no Norte, junto à fronteira. A coluna do exército português em que seguia Zacaria atrasou-se a chegar ao aquartelamento e pernoitou junto ao rio. Levavam com eles mulheres e crianças que tinham sido capturadas junto a uma aldeia. No meio da noite, uma criança começou a chorar. O furriel que comandava o pelotão chamou Sobra e disse-lhe:

— Vais dar uma volta com esse bebé.

— Não me mande fazer isto, por favor.

— O miúdo não se cala.

— Deve estar doente.

— Não podemos arriscar.
— Não me mande a mim, peço-lhe.
— Será que não sabes o que é uma ordem? Ou queres que te fale nessa merda dessa tua língua?
E o furriel virou costas.

* * *

O relato de Kalash foi interrompido pela chegada de Ntunzi. Não encontrara a portuguesa. Em contrapartida, disse ter escutado o motor do camião de Aproximado. Seria aquele o veículo que conduziria Marta ao seu destino.
Olhei o rosto triste de Zacaria. Esperei que ele fechasse a interrompida história. Mas o militar parecia ter-se esquecido do relato.
— E obedeceu, Zaca?
— Como?
— Obedeceu às ordens do furriel?
Não, não tinha obedecido. Ele conduziu o menino para longe, pediu a uma família das redondezas que o recebesse. De tempo em tempo passava a dar-lhes dinheiro e rações de combate.
— Fui eu que dei nome a esse menino.

* * *

Zaca ficou-se por ali. Levantou-se, as balas tombaram, tilintando no cimento.
— Podem ficar com elas, uma recordação minha...

Bateu a porta do seu quarto e nos deixou a ruminar sobre os desfechos possíveis do episódio de guerra. Havia um recado naquela história e eu queria que Ntunzi me ajudasse a desvendar esse oculto sentido. Mas o meu irmão estava com pressa e desceu a ladeira correndo.

— *Vamos, Mwana* — me incentivou.

Segui correndo. Certamente, Ntunzi era movido pela pressa de saber o que, desta vez, o nosso parente tinha trazido da cidade. Mas não era essa a razão da sua ansiedade. Rodeámos a casa e vimos, na sala, Aproximado e Silvestre conversando à luz da lamparina. A seguir, Ntunzi deu uma volta em redor do camião, abriu a porta e tomou o lugar do motorista. Comia as palavras quando me chamou à janela da viatura:

— *As chaves estão aqui! Mwanito, afaste-se para não ser atropelado.*

Não esperei: no imediato segundo, eu estava no assento do lado, incentivando à fuga. Escaparíamos os dois, inaugurando poeiras por desconhecidos caminhos até entrarmos triunfalmente na cidade.

— *Sabe guiar, Ntunzi?*

A pergunta não tinha nenhum cabimento. E assim que girou a chave na ignição, surgiram na porta meu pai e meu tio, a surpresa estampada nos rostos. O camião deu um solavanco, Ntunzi acelerou a fundo e fomos catapultados pela escuridão. Os faróis ligados cegavam mais do que iluminavam. Com vertiginosa velocidade, o camião passou junto à casa assombrada e vimos Marta abrir a porta e lançar-se em corrida atrás de nós.

— *Não se distraia, Ntunzi* — implorei.

Foram palavras vãs. Ntunzi não tirava os olhos do espelho traseiro. Foi então que sucedeu o atropelamento. Sentimos o ruído enorme, como se o mundo se estivesse rachando a meio. Tínhamos acabado de trucidar o crucifixo da praceta. A tabuleta que dava boas-vindas a Deus foi projetada pelos ares e tombou, miraculosamente, aos pés de Marta. A marcha da viatura abrandou, mas não estacou. Pelo contrário, o velho camião, igual um búfalo enraivecido, voltou a levantar poeira e reganhou a vertigem da velocidade. Ntunzi ainda gritou:

— *O travão, a merda do travão...*

Seguiu-se o embate, violento. Um embondeiro abraçou a chaparia velha, como se a natureza tivesse engolido toda a maquinaria do mundo. Uma nuvem de fumo nos submergiu. A primeira pessoa a aparecer foi a portuguesa. Foi ela que nos ajudou a sair da destroçada viatura. Meu pai tinha ficado atrás, junto ao amarfanhado altar, e gritava:

— *É melhor que tenham morrido, rapazes. O que vocês fizeram aqui, no sagrado monumento, foi uma ofensa a Deus...*

Afogueado, Aproximado não nos dispensou nenhuma atenção: inspecionou os danos na carroçaria, abriu o ventre da viatura, espreitou-lhe as vísceras e abanou a cabeça:

— *Agora é que nunca mais ninguém sai daqui.*

* * *

Regressámos ao acampamento depois de termos deixado Marta na casa grande. Meu pai ainda ficou por um momento junto ao destruído altar. Caminhámos em silêncio, escorria silêncio até nos olhos baixos do meu irmão. De súbito, vindo da escuridão, nosso velho passou por nós, abrindo alas aos empurrões e proclamou:

— *Vou matá-la!*

Entrou em casa e, segundos depois, voltou a sair empunhando um canhangulo.

— *Eu mesmo a irei matar.*

O militar Kalash se interpôs, barrando o caminho de nosso pai. Um esgar de riso deformou o rosto e a voz de Silvestre:

— *O que é isto, Zacaria?*

— *Não o deixo passar, Silvestre.*

— *Você, Zacaria... ah, é verdade, você deixou de ser Zacaria... Corrijo, pois: você, Ernestinho Sobra, meu cabrão, você me traiu...*

Deu um passo em direção a Kalash, espetou-lhe a arma no ombro e empurrou-o de encontro à parede:

— *Lembra-se desse tiro, no ombro?*

Estranhámos: de súbito, reinava o pânico no rosto do militar. Tentou esgueirar-se, mas o cano da espingarda o imobilizou.

— *Lembra mesmo?*

Um fio de sangue nos revelou: a velha ferida se rea-

brira. A antiga bala voltava a atingir o soldado. Um silêncio pesou e Aproximado ainda fez menção de intervir:
— *Silvestre, por amor de Deus!*
— *Cala a boca, zé-pernudo...*
Então sucedeu o que, por mais que lembre, não chegarei nunca a dar inteiro crédito. Com surpreendente serenidade, meu irmão Ntunzi deu um passo em frente e afirmou:
— *Dê-me a arma, pai. Eu vou lá.*
— *Você?*
— *Passe-me a arma, eu mato a portuguesa.*
— *Você?*
— *O pai não me mandou aprender a matar? Pois eu vou matar.*
Silvestre rodou em torno do filho, desamarrando surpresa, destilando desconfiança.
— *Zacaria!*
— *Silvestre?*
— *Você vai com ele. Quero relatório...*
— *Não meta Ernestinho nisto, pai. Eu vou sozinho.*
Com a lentidão de coisa sonhada, meu pai depositou a arma nas mãos do filho. Num pestanejar, Ntunzi desapareceu no escuro. Escutámos os passos decididos esvaírem-se, engolidos pela areia. Passado um tempo, escutou-se o disparo. Um convulsivo choro se deflagrou em mim. A ameaça de Silvestre foi imediata:
— *Mais uma lágrima e eu rebento-o a pontapé.*
Os soluços atropelaram-se no meu peito, os braços estremeceram como se um sismo me estivesse percorrendo interiormente.

— *Cale-se!*
— *Não con... não consigo.*
— *Fique de pé e cante!*
Ergui-me, pronto. Mas o peito ainda transbordava, arquejando.
— *Cante!*
— *Mas pai, cantar o quê?*
— *Pois cante o hino nacional!*
— *Desculpe, pai, mas... hino de que nação?*
Silvestre Vitalício me olhou, assustado com a pergunta. Tremeluzia-lhe o queixo, abismado com a singela lógica da minha pergunta. A minha única nação tinha sido essa que ficara longe, na casa onde eu nascera. E a bandeira dessa nação era cega, surda e muda.

* * *

Os olhos transtornados de Ntunzi zarolhavam pelo quarto e com irreconhecível garganta me fulminou quando confessou:
— *Esta noite, foi a gaja. A próxima noite mato-o a ele.*
— *Ntunzi, por favor, pouse essa arma.*
Mas ele abraçou a espingarda e adormeceu profundamente. Nessa noite não dormi, assaltado pelo medo. Espreitei a janela da casa assombrada. Não havia sinal de lamparina. O trabalho tinha sido feito. Olhei o céu para me distrair, o medo se converteu em pânico. No firmamento não havia astro que se sustivesse: todas as estrelas eram cadentes, todas as luzes

candentes. No muro escurecido onde Ntunzi gravava os dias já tinham tombado as estrelas. Agora, já não estrelava nem na terra nem no céu de Jesusalém.

Fechei a janela, em gesto brusco. O nosso mundo se desmoronava como um torrão seco.

* * *

A tarde já findava sem que nenhum de nós tivesse saído de casa. A mornez, de repente, estalou. Primeiro chegou-nos o cheiro: de corpo morto, devorado pelos calores, mastigado pelo Sol. Meu pai me mandou a ver. Seria a portuguesa que começava a apodrecer?

— *Já cheira, tão cedo? Zacaria, vá lá e enterre a tuga.*

Não convinha que ela se cadaveirasse por perto a atrair os grandes felinos. Zacaria saiu e eu, vencendo o torpor, fui no seu encalço. Eu iria enfrentar a morte, apunhalar-me com a sua cruel verdade. Os abutres circundando nos céus conduziram-nos para as traseiras: Ntunzi arrastara o corpo bem próximo da nossa casa. E lá estava o corpo rodeado de aves vorazes, brigando entre si e se desviando, em ridículos pulos, das recíprocas ferocidades. Quando Zacaria se chegou, se abriu a roda e eu dei de caras com o espetáculo: a burra Jezibela, a fiel amante de meu velho, jazia já esquartejada pelos abutres.

Livro três

REVELAÇÕES E REGRESSOS

O Deus de que vos falo
Não é um Deus de afagos.
É mudo. Está só. E sabe
Da grandeza do homem
(Da vileza também)
E no tempo contempla
O ser que assim se fez.
[...].

Hilda Hilst

A despedida

*Em nome da tua ausência
Construí com loucura uma grande casa branca
E ao longo das paredes te chorei*

Sophia de Mello Breyner Andresen

A visão do corpo esquartejado da burra me vazou o sono durante toda a noite. Não podia imaginar quanto sangue pode conter uma criatura de pelo. Parecia que a jumenta se tinha convertido num rio de águas vermelhas, jorrando de um coração maior que a terra.

No dia seguinte, meu pai foi o único a enterrar Jezibela. Manhã cedo, a pá já trabalhava em suas mãos. De longe oferecemos os nossos préstimos.

— *Não quero cá ninguém* — gritou.

Nós também não nos queríamos aproximar. O olhar de Silvestre era de vingança. Zacaria rondou a nossa casa, arma em punho, espiando o meu pai.

— *Ninguém se chegue perto dele* — advertiu o militar.

Falava como se se tratasse de um cão raivoso. Apesar da advertência, decidi aproximar-me do lugar onde Silvestre velava pela falecida jumenta. Já tinha anoitecido e ele não arredava nem pé nem pá da sepultura. Fui pisando com o respeito dos velórios e tossiquei antes de perguntar:

— *Não vem dormir, pai?*
— *Vou ficar aqui mesmo.*
— *Toda a noite?*

Acenou que sim. Sentei-me, a meia distância, às cautelas. Permaneci calado, sabendo que nenhuma outra palavra haveria. Mas consciente também de que nenhum silêncio seria possível nem naquele momento nem nunca mais. Ao longe escutavam-se as pancadas metálicas de Aproximado reparando a danificada viatura. Ntunzi ajudava o Tio e um foco de luz ajudava ambos.

Meu pai era o retrato da tristeza viúva. Derrotado, solitário, descrente de tudo e de todos. Sem levantar a cabeça, murmurou:

— *Filho, dê-me a sua mão.*

Pensei não ter escutado bem. Mantive-me impassível, guardado em espanto, até que, de novo, Silvestre implorou:

— *Não me deixe aqui sozinho.*

Deitei-me e adormeci sob a cadência das marteladas vindas da improvisada oficina. Para mim, aquele compasso marcava o fim de Jesusalém. Talvez por isso um pesadelo me tenha perturbado o sono. Me assaltou uma alucinação que, por mais que enxotasse, teimava em regressar: a meu lado, entre mim e meu pai se havia interposto uma enorme víbora. Estava inerte, como que em sono, e o meu velho, deitado a seu lado, a contemplava de olhos embevecidos.

— *Venha, filho, venha ser mordido.*

A serpente não é um animal: é um músculo com dentes, uma despernada centopeia com a barriga no

meio do pescoço. Como podia Silvestre Vitalício estar de namoros com tão rasteiroso animal?
— *Ser mordido?*
— *Eu já fui picado.*
— *Não acredito, pai.*
— *Veja a minha mão como está inchada, toda de outra cor. A minha mão, caro Mwanito, já é da raça dos mortos.*

Era uma mão sem braço, sem veia, nem nervo. Uma porção de corpo sem parente nem parentesco. Silvestre acrescentou:
— *Sou semelhante a essa mão.*

Nascera sem querer, vivera sem desejo, estava morrendo sem aviso nem alarme.

A cobra decidiu abandonar a imobilidade e, lentamente, começou a enroscar-se em mim com sensualidade. Resisti, arredando-me suavemente.
— *Não faça isso, Mwanito.*

E explicou-se: aquela cobra não era senão o Tempo. Durante anos ele tinha resistido contra os arremedos da serpente. Esta noite cedera, desistido.
— *Não está a ouvir os sinos?*

Eram os martelos sovando a chaparia do camião. Mas não contrariei. Minha preocupação era outra: a víbora me fixava, mas não se decidia a cravar os dentes em mim. Parecia hipnotizada, incapaz de exercer a sua própria natureza.
— *Ela nem precisa de morder* — afirmou Silvestre.
— *O veneno dela passa através dos olhos.*

Sucedera assim com ele próprio: enquanto os olhos da víbora se cravaram nos seus, todo o passado lhe veio à boca. Nem foi preciso que a cobra lhe mordesse. O veneno percorreu-lhe antecipadamente as entranhas e o Tempo começou a apodrecer dentro do seu corpo. Quando, por fim, os finos dentes se cravaram nele, Silvestre já nem via a peçonhosa criatura: ela não era mais qué uma lembrança, nebulosa e espessa, deslizante entre orvalhos e pedras. E foi assim que desfilaram as restantes memórias, rastejantes e viscosas como serpentes. Demoradas, quase eternas, como a torrente dos rios.

— *O Tempo é um veneno, Mwanito. Mais eu lembro, menos fico vivo.*
— *O pai já se lembra da mãe?*
— *Eu não matei Dordalma. Juro, meu filho.*
— *Acredito, pai.*
— *Foi ela sozinha que se matou.*

As pessoas acreditam que se suicidam. E nunca é assim. Dordalma, coitada, não sabia. Ela ainda acreditava que alguém pode cancelar a existência. Ao fim e ao cabo, só existe um verdadeiro suicídio: deixar de ter nome, perder entendimento de si e dos outros. Ficar fora do alcance das palavras e das alheias memórias.

— *Eu me matei muito mais do que Dordalma.*

Silvestre Vitalício, ele, sim, se suicidou. Mesmo antes de chegar a morrer, já tinha posto cobro à vida. Varreu os lugares, afastou os viventes, apagou o tempo. Meu pai roubou o nome até dos mortos. Afinal, os vivos não são simples enterradores de ossos: eles são, antes de mais, pastores de defuntos. Não há antepassado que não esteja seguro de que, do outro lado da luz, há sempre quem o desperte. No caso do meu pai, não. O Tempo, a ele, nunca lhe acontecera. O mundo principiava em si mesmo, a humanidade acabava nele, sem passado nem antepassado.

— Pai, essa cobra, ela também me vai abrir as portas do passado?

Silvestre não respondeu. Ao invés, ele se engatinhou, em pose de caçador. É dever de honra, mesmo de um sonâmbulo, matar a cobra assassina. Terá sido esse mandamento que fez com que meu pai se precipitasse sobre a serpente e desfechasse nela uma paulada fatal?

A serpente deita-se? Pois aquela se derramou como uma sombra, desfalecida para sempre. O velho Silvestre se queixou do gesto brusco, roído pelas articulações:

— Meus ossos morreram...

Vitalício reclamava da extinção do próprio esqueleto. Pois, no meu caso, os ossos eram a única parte viva de mim.

* * *

Na manhã seguinte vieram despertar-me. Tinha adormecido de exaustão, a uns metros da sepultura de Jezibela. A meu lado, Silvestre Vitalício ainda dormia enroscado em si mesmo. Quando me soergui, meu Tio tinha começado a sacudir o cunhado com a ponta do pé. O corpo de Silvestre rebolou como que desprovido de vida. Como podia ter mergulhado em tão profundo sono? Por que razão lhe escorria da boca uma espuma espessa e branca? A resposta não tardou: dois fios de sangue emergiam de uma pequena ferida no braço.

— *Foi mordido! Silvestre foi mordido!*

Alarmado, o Tio chamou por Zacaria e por Ntunzi. O militar acorreu trazendo uma faca e num ápice golpeou o braço do meu pai para depois, debruçado como vampiro, sugar a ferida sangrante.

— *Não façam isso!* — me opus com fervor —, *não façam nada, isto tudo é um sonho!*

Olharam-me com estranheza e Zacaria viu nas minhas palavras a tradução de um torpor mental e me inspecionou à procura da picada que explicaria a minha confusão. Nada encontrando, transportaram Silvestre num estado de semiconsciência. Nos braços de Zacaria, meu pai parecia uma criança, mais novo do que eu. As palavras lhe tombavam da boca como restos de comida, grãos de arroz em gengiva de velho.

— *Dordalma, Dordalma, nem Deus chega, nem tu vais...*

***

Deixaram-me sozinho com Silvestre, enquanto se preparavam para a emergência.

— *Eis-me* — suspirou.

E passou, lentas, as mãos pelos braços a mostrar como se desconformava, pastoso como se regressasse não ao pó mas ao barro.

— *Pai, fique sossegado na sombra.*

— *Vou morrer, Mwanito. Terei demasiada sombra, não tarda.*
— *Não diga isso, pai. O senhor está vacinado.*
— *Eu pergunto, meu filho: você não quer morrer comigo?*

É a solidão o que mais tememos na morte, prosseguiu ele. A solidão, nada mais que a solidão. O olhar de Silvestre Vitalício era vago e vazio. De repente, me assustei: meu pai já não tinha rosto. Ele era só os olhos dele, lagoas sem margem, onde se precipitavam as nossas angústias.

— *O meu sangue é que faz correr o seu sangue, sabia?*

Palavras que tinham o peso de uma sentença. A sua vida, como dizia Ntunzi, nunca me deixara viver. O estranho é que eu parecia estar morrendo na morte dele.

— *Veja* — disse estendendo a mão. — *São dois furos, quase invisíveis. E, no entanto, uma vida inteira se vaza por eles.*

* * *

Silvestre Vitalício estaria morrendo? O seu rosto não espelhava esse prenúncio dos finais, com exceção do olhar cego, sem dar acordo. O mais preocupante, contudo, era a mão: mudara de coloração e duplicara de volume. O sangue escorria do garrote que lhe haviam aplicado e pingava pelo chão, para horror de Zacaria. Aproximado tomou as rédeas da situação e sentenciou:

— *Vamos aproveitar para o levar para a cidade.*

Zacaria pegou em Silvestre pelos braços, mas não foi preciso erguê-lo em peso. Ele estava apenas ébrio, desprovido de corpo. Transpirava como uma fonte e, de quando em quando, era sacudido por violentos estremeções.

— *Este homem tem que entrar num hospital.*

As ordens do Tio foram certeiras e céleres. Partiríamos todos, sairíamos de Jesusalém antes que o nosso pai retomasse a razão.

— *Mwanito, vá buscar as suas coisas. Corra.*

Entrei no quarto, pronto a revoltear cantos e recantos. De repente, porém, tombei em mim: que coisas eu tinha? Minhas únicas posses eram um baralho de cartas e um molho de notas enterradas no quintal. Decidi deixar todas essas memórias onde estavam. Faziam parte do lugar. As folhas que rabiscara eram pedaços de mim que espetara no solo. Eu me plantara em palavras.

— *Ntunzi, não vai levar a sua mala?*

— *Levo só o mapa. O resto deixo.*

Ntunzi saiu. Não resisti a espreitar a mala. Estava vazia, com exceção de uma pasta de pano fechada com cordéis. Soltei os cordéis e de dentro tombaram dezenas de folhas. Em todas elas, Ntunzi havia desenhado rostos de mulher. Eram dezenas de rostos, todos diversos. No canto de cada folha, ele escrevera: "Retrato de minha mãe, Dordalma". Recolhi os desenhos, voltei a guardá-los dentro da mala e saí correndo sem sequer passar os olhos pelo quarto. Em criança não nos despedimos dos lugares. Pensamos que voltamos sempre. Acreditamos que nunca é a última vez.

***

Fui o primeiro a ocupar o camião. Ntunzi sentou-se a meu lado, nas traseiras. Zacaria se apresentou como nunca antes o víramos. Pela primeira vez vestia à civil. Uma mochila lhe pesava nas costas.
— *Só leva isso, Zacaria?*
— *Eu hei-de voltar, depois. Agora temos pressa.*
Aproximado e Zacaria foram buscar o meu velho pai. Ainda acreditei que ele reagisse, em pronta negação. Mas não. Silvestre veio, com passo de menino e obediência de serviçal, instalou-se no lugar da frente e ali se ajeitou para partilhar o assento com a portuguesa.

O camião soluçou no arranque e, depois, progrediu lentamente, passando o portão e deixando atrás uma nuvem de poeira e fumo.

Sentado no topo das tralhas, Ntunzi exultava, segurando-me os ombros com as duas mãos:
— *Vamos para a cidade, maninho, nem acredito...*
Virei o rosto: não tardaria que meu irmão chorasse de alegria e, no momento, não me apeteciam senão os meus sentimentos impuros, misturando felicidade com nostalgia. Acenei uma despedida, sem me ocorrer que não havia ninguém do lado de lá. A única criatura que restara em Jesusalém não era humana nem estava viva: Jezibela, que Deus a guarde.
— *Está a dizer adeus a quem?*
Não respondi. Não era de Jezibela que me apartava. Eu me despedia de mim mesmo. A minha infância ficava do lado de lá. Ao iniciar esta viagem eu dei-

xara de ser criança. Mwanito ficara em Jesusalém, e eu carecia de um novo nome, um novo batismo.

E foi então que me assaltou a visão: sem que houvesse nenhum outro vento senão a brisa produzida pelo nosso velho camião, as árvores em volta se desprendiam do chão e começavam a esvoaçar como inábeis garças verdes.

— *Veja, mano! São garças...*

Nem Ntunzi nem Zacaria me escutaram. Me ocorreu, então, fotografar aqueles voos vegetais. Estranho apetite: pela primeira vez não me bastava ver o mundo. Eu queria, agora, ver o modo como olhava o mundo.

Me soergui, apoiado no tejadilho da cabine, para pedir a câmara fotográfica a Marta. De pé, enfrentei a estrada como se ela, ao passar por baixo do carro, me fosse cortando ao meio, separando a alegria da tristeza.

Quando espreitei para o banco da frente me surpreendi: meu pai seguia de mão dada com a portuguesa. Os dois se partilhavam, numa conversa de mudas nostalgias. Não tive coragem de interromper aquele diálogo de silêncios. E me voltei a sentar, tralha entre tralhas, sobra entre empoeiradas sobras.

Dois dias se passaram entre pausas breves e o roncar contínuo do veículo. No final do segundo dia de viagem, adormecido no balanço do camião, nem dava mais conta do caminho. Os safanões de Ntunzi me despertaram em alvoroço. Cruzávamos uma primeira vila. Foi então que vi, maravilhado, as ruas cobertas de gente. E foi uma embriaguez de tudo. A azáfama urbana, os carros, os reclames, os vendedores de rua, as bicicletas, os meninos como eu. E as mulheres: aos tufos, aos molhos, aos turbilhões. Cheias de roupas, cheias de cores, cheias de riso. Envoltas em capulanas como se se vestissem de mistérios. Minha mãe, Dordalma: eu a via em cada corpo, cada rosto, cada gargalhada.

— *Veja as pessoas, pai.*
— *Que pessoas? Eu não vejo ninguém.*
— *Não vê as casas, os carros, a gente?*
— *Absolutamente nada. Não vos disse que estava tudo morto, tudo vazio?*

Fazia de cego. Ou cegara, na verdade, como consequência da mordedura da víbora? Enquanto Silvestre se encolhia no assento, Marta erguia o telemóvel fora da janela, orientando-o em diferentes direções.

— *O que faz, Dona Marta?* — inquiriu Zacaria.
— *Estou a ver se tenho rede* — respondeu.

Obrigaram-na a recolher o braço. Durante todo o restante percurso, porém, o braço de Marta rodopiou como uma antena giratória. A saudade era quem guiava a sua mão, à procura de um sinal de Portugal, uma voz que lhe desse colo, uma palavra que a roubasse da geografia.

— *E quando chegamos, Zaca?*
— *Já chegámos há muito.*
— *Chegámos à cidade?*
— *A cidade é isto.*

Chegáramos sem que se percebesse onde terminara o mundo rural. Não havia fronteira clara. Apenas uma transição de intensidade, um caos que se adensou: nada mais do que isso. Na cabine, em abano fúnebre de cabeça, o pai ladainhava:

— *Tudo morto, tudo morto.*

Há quem morra e seja enterrado. Como foi o caso de Jezibela. Mas as cidades morrem e apodrecem à nossa frente, vísceras de fora, empestando-nos por dentro. As cidades apodrecem dentro de nós. Era o que dizia Silvestre Vitalício.

* * *

À entrada do hospital nosso velho pai recusou sair da viatura.

— *Por que me querem matar?*
— *Que história é essa, cunhado?*
— *Isto é um cemitério, eu conheço muito bem.*
— *Não, pai. É um hospital.*

Em vão foram os esforços da família para o retirar da viatura. Aproximado sentou-se no passeio, a cabeça entre as mãos. Foi Zacaria quem pensou o modo de sairmos do impasse. Se o velho Silvestre ainda não morrera, o caso perdera a inicial urgência. Fôssemos para nossa casa. A vizinha Esmeralda, que era enfermeira, seria convocada e prestaria assistência no nosso domicílio.

— *Vamos para nossa casa, pois então!* — reiterou Ntunzi, com entusiasmo.

Para mim soava estranho. Todos, naquele grupo, estavam de regresso. Eu não. A casa onde eu nascera nunca fora minha. O único lar que tivera foram as ruínas de Jesusalém. A meu lado, Zacaria pareceu escutar os meus silenciosos receios:

— Vai ver que ainda se lembra do lugar onde nasceu.

Ao contemplar a fachada confirmei que nada ali ressoava em mim. O mesmo parecia acontecer com Silvestre Vitalício. Aproximado abriu os vários cadeados que encerravam as grades das portas. A operação levou um tempo durante o qual o meu pai permaneceu de olhos baixos, como um prisioneiro ante a futura cela.

— *Está aberta* — anunciou Aproximado. — *Entre você primeiro, Silvestre. Sou eu que vivo aqui, sou eu que tenho as chaves. Mas você é o dono da casa.*

Sem falar, apenas com gestos, Silvestre deixou claro que ninguém, senão eu e ele, passaria por aquela porta. Segui protegido pela sua sombra, pisando apenas as poeiras que ele já havia calcado.

— *Primeiro, os cheiros* — disse-me, enchendo os pulmões.

Fechou os olhos e aspirou odores que, para mim, eram inexistentes. Silvestre inalava a casa, acendendo memórias dentro do peito. Ficou de pé, no centro do compartimento, inflando o peito.

— *É como um fruto. Entramos com o nariz.*

Depois foram os dedos. Apenas lhe restava a mão que a cobra poupara. Foram esses dedos que carpinteiraram sobre móveis, paredes e janelas. E era como se reconhecesse o seu próprio corpo, após longo período de coma.

Confesso: por mais que eu fizesse esforço continuava estranhando a casa onde havia nascido. Nenhum quarto, nenhum objeto me trouxe lembranças dos meus primeiros três anos de vida.

— Diga-me, filho, eu já morri, este é o meu caixão, não é?

Ajudei-o a deitar-se no sofá. Ele pediu um silêncio e eu deixei que a casa lhe falasse. Silvestre parecia ter adormecido quando se estremunhou para retirar a ligadura que envolvia a mão.

— Veja, meu filho! — interpelou-me, estendendo o braço na minha direção.

Não havia mais ferida. Nenhum inchaço, nenhum vestígio. Pediu que levasse a ligadura para a cozinha e lhe deitasse fogo. Ainda eu não descobrira os caminhos no corredor e a voz dele se tornou a escutar:

— Não quero nem enfermeira nem nenhum outro estranho cá em casa. Muito menos os vizinhos.

Pela primeira vez Silvestre admitia a existência de outros para além da nossa pequena constelação.

— O demónio mora sempre entre os vizinhos.

***

Com exceção de Zacaria, todos nos alojámos na nossa velha casa. Aproximado ocupou o quarto de casal onde já dormia com Noci. Ntunzi dividiu o quarto com o pai. Eu partilhei o meu com Marta.

— É apenas por uns dias — adiantou Aproximado.

Um cortinado separou as duas camas, protegendo as intimidades.

À nossa chegada, Noci estava ainda no serviço. À noite, quando ela entrou em casa, Marta estava deitada, parecendo dormitar. Noci despertou-a com uma carícia nos cabelos. As duas se abraçaram e, peito no peito, choraram desconsoladamente. Quando foi capaz de falar, a jovem disse:

— Eu menti, Marta.
— Eu já sabia.
— Sabia? Desde quando?
— Desde que te vi, pela primeira vez.
— Ele estava doente, muito doente. Nem queria que ninguém o visse. Por um lado foi bom que eu chegasse tarde. Se o visse, nos últimos dias, nem o havia de reconhecer...
— Onde é que o enterraram?
— Aqui perto. Num cemitério aqui perto.

Os dedos da estrangeira tornearam, nas mãos de Noci, um anel de prata. Mesmo sem perguntar, Marta sabia que o anel havia sido uma dádiva de Marcelo.

— Sabe, Noci? Fez-me bem ficar lá, na coutada.

A portuguesa explicou-se: ir a Jesusalém foi um modo de estar com Marcelo. A viagem tinha sido tão reparadora como um sono profundo. Ao participar daquele fingimento de fim do mundo, ela aprendera a morte sem luto, a partida sem despedida.

— Sabe, Noci. Eu vi mulheres lavando as roupas de Marcelo.
— Não é possível...
— Eu sei, mas para mim aquelas camisas eram as dele...

Todas as roupas flutuando na corrente serão sempre de Marcelo. A própria substância dos rios todos do mundo será feita de lembranças contrariando o tempo. Mas os rios da portuguesa eram cada vez mais

os de África: mais de areia do que de água, mais de telúricas fúrias do que dos suaves e educados caudais.
— *Amanhã vamos juntas ao cemitério.*

* * *

Na manhã seguinte deixaram-me em casa a tomar conta de meu pai. Silvestre levantou-se tarde e, ainda sentado no leito, chamou por mim. Quando me apresentei, ele permaneceu estudando o seu próprio corpo. Era assim desde sempre: meu pai obrigava a uma espera antes de iniciar as falas.
— *Estou preocupado consigo, Mwanito.*
— *E porquê, pai?*
— *Você, meu filho, nasceu com um coração grande. Com esse coração, você não é capaz de odiar. E este mundo, para ser amado, precisa de muito ódio.*
— *Desculpe, pai. Não entendi nada.*
— *Deixe para lá. O que quero combinar consigo é o seguinte: se me quiserem levar por aí, pela cidade, você não me deixe, meu filho. Promete?*
— *Prometo, pai.*
Explicou-se: a serpente não lhe tinha atingido apenas a mão. Tinha-o mordido em todo o corpo. Toda a paisagem em redor lhe doía, aleijava-o a cidade inteira, a miséria das ruas magoava-o mais que a contaminação do sangue.
— *Você viu como o luxo escandaloso se encosta na miséria?*
— *Sim* — menti.

— É por isso que não quero sair.

Jesusalém lhe dera o esquecimento. O veneno da serpente lhe trouxera o tempo. A cidade lhe causara cegueira.

— Não lhe apetece sair, como faz Ntunzi?

— Não.

— E porquê?

— Aqui não há um rio, como lá.

— Por que não faz como Ntunzi, que ainda não parou em casa, saltitando por aí?

— Eu não sei andar... não sei andar por aí.

— Meu filho, me sinto tão culpado. Você está tão velho. Está tão velho como eu.

Ergui-me e fui ao espelho. Eu era um menino, corpo ainda por desabrochar. Contudo, meu pai estava certo: o cansaço me pesava. A velhice me chegara sem mérito. Com os meus onze anos, eu estava murcho, consumido pelos delírios paternos. Sim, meu pai tinha razão. Quem nunca foi criança não precisa do tempo para envelhecer.

— Uma coisa lhe escondi, lá em Jesusalém.

— O pai me escondeu o mundo inteiro.

— Houve uma coisa que eu não lhe disse.

— Pai, deixemos Jesusalém, agora estamos aqui...

— Um dia você vai voltar para lá!

— Para Jesusalém?

— Sim, aquela é a sua terra, a sua condenação. Sabe, filho? Esse lugar está cheio de milagres.

— Nunca vi nenhum.

— São milagres tão pequenitos que nem damos conta da sua ocorrência.

* * *

Havia três dias que chegáramos à cidade e Silvestre nem sequer abrira os cortinados. A casa era o seu novo retiro, seu novo Jesusalém. Não sei como naquela tarde Marta e Noci lograram convencer meu pai a sair. As mulheres pensavam que lhe faria bem ver a campa da falecida esposa. Segui com elas, carregando as flores e fechando o cortejo que evoluía a pé para o cemitério.

Perfilado perante o túmulo de minha mãe, Silvestre manteve-se impassível, vazio, alheio a tudo. Nós fixávamos o chão, ele olhava as aves riscando as nuvens. Marta passou-lhe para os braços a coroa de flores e pediu-lhe que a colocasse sobre a campa. Meu pai não chegou a segurar as flores. Tombada no chão, a coroa se desfez. Entretanto, juntou-se a nós o Tio Aproximado. Descobriu a cabeça e se quedou respeitoso, de olhos fechados.

— *Eu quero ver a árvore* — disse Silvestre quebrando o silêncio.

— *Vamos* — respondeu Aproximado —, *eu o levo a ver a árvore.*

E nos dirigimos ao descampado junto à nossa casa. Uma casuarina solitária enfrentava o céu. Silvestre tombou de joelhos junto ao velho caule. Chamou-me e apontou a copa:

— *Esta árvore, meu filho. Esta árvore é a alma de Dordalma.*

Uma bala vem à baila

Para atravessar contigo o deserto do mundo
Para enfrentarmos juntos o terror da morte
Para ver a verdade para perder o medo
Ao lado dos teus passos caminhei

Por ti deixei meu reino meu segredo
Minha rápida noite meu silêncio
Minha pérola redonda e seu oriente
Meu espelho minha vida minha imagem
E abandonei os jardins do paraíso

Cá fora à luz sem véu do dia duro
Sem os espelhos vi que estava nua
E ao descampado se chamava tempo

Por isso com teus gestos me vestiste
E aprendi a viver em pleno vento

Sophia de Mello Breyner Andresen

Somos criaturas diurnas, mas são as noites que medem o nosso lugar. E as noites só cabem bem na nossa casa de infância. Eu nascera na morada que agora ocupávamos, mas não era esta a minha casa, não era aqui que o sono me descia com doçura. Tudo nesta residência me causava estranheza. Todavia, o meu sono parece ter reconhecido algo familiar nesta quietude. Talvez por isso, uma certa noite sonhei como se nunca o tivesse feito antes. Porque tombei num abismo profundo e fui por águas e dilúvios. Sonhei que Jesusalém ficava submersa. Primeiro, choveu sobre a areia. Depois sobre as árvores. Depois, choveu sobre a própria chuva. O acampamento se converteu em leito de rio e nem os continentes chegavam para se deitar tanta água.

Meus papéis soltaram-se do esconderijo e ascenderam à superfície para, depois, flutuarem nas revoltas águas do rio. Me acheguei à margem para os recolher. Quando os segurei em minhas mãos, de repente, sucedeu o seguinte: os papéis se converteram em roupas. Eram as encharcadas vestes de reis, valetes e damas. Cada um dos monarcas passou por mim e me entregou os pesados mantos. Depois seguiram, completamente despidos, rio abaixo até se extinguirem no remanso.

Nos meus braços as suas vestes pesavam-me tanto que decidi torcê-las para as enxugar. Em lugar de água, porém, delas tombaram letras e cada uma delas, já na superfície, dava uma pirueta e se lançava na corrente. Quando tombou a última letra, as roupas se evaporaram, desaparecidas.

— *Marcelo!*

Era Marta que acabara de desembocar na margem. Surgiu como que das brumas e seguiu, corrente afora, no encalce das letras. Ela gritava por Marcelo enquanto os pés sulcavam com dificuldade por entre as águas. E a portuguesa se extinguiu para além da curva do rio.

De regresso a casa, o velho Silvestre perguntou, com estranha ansiedade, pela portuguesa. Apontei a neblina no leito. Ele se ergueu de um pulo, projetado para além do corpo, como se estivesse sendo parido pela segunda vez.

— *Vou lá* — exclamou.

— *Lá onde, pai?*

Não respondeu. Vi-o afastar-se, trôpego, em direção ao vale e extinguir-se entre os densos arbustos.

Passou-se um tempo e quase adormeci, embalado pelo canto doce dos noitibós. De repente, um restolhar do mato me sobressaltou. Era o pai e a portuguesa que se aproximavam, amparados um no outro. Os dois estavam encharcados. Acorri a ajudar. Silvestre necessitava de mais apoio que a estrangeira. Respirava com dificuldade, como se estivesse engolindo o céu, aos goles. Foi a portuguesa quem falou:

— *O teu pai me salvou.*

Que eu não imaginava a bravura de Silvestre Vitalício, nem como ele se lançara no rio revolto e brigara contra a corrente e contra a vontade da Morte para a retirar das águas onde ela se afogava.

— *Eu queria morrer num rio, num rio que nascesse na minha terra e desaguasse no fim do mundo.*

Foi o que disse a portuguesa, de olhar fixo na janela.

— *Agora deixa-me* — acrescentou. — *Agora quero ficar sozinha com o teu pai.*

Saí, golpeado por estranha tristeza. Quando olhei pela janela pareceu-me ver a minha mãe debruçada sobre o seu antigo marido, a minha mãe regressada dos céus e rios onde ela se demorara toda a vida. Bati no vidro e chamei, quase sem voz:

— *Mãe!*

Uma mão feminina me tocou e, antes que me virasse, um corpo de ave me cobriu os ombros. Amoleci, dissolvido, e não resisti nem quando me senti a ser puxado para cima, os pés apartados do chão, a terra perdendo altura, minguando lá embaixo como um balão vazante.

* * *

Lavei o rosto por baixo da torneira do tanque como se apenas a água me livrasse do sonho da água. Sem me enxaguar, olhei a rua por onde escoava a cidade. Por que razão eu sonhava com Marta desde que ela irrompera na casa grande em Jesusalém? A verdade era: a mulher me invadira como o Sol enche as nossas casas. Não havia modo de afastar ou impedir essa inundação, não havia cortinado que fechasse aquela luminosidade.
Talvez a explicação fosse outra. Talvez a Mulher já estivesse dentro de mim mesmo antes de chegar a Jesusalém. Ou talvez Ntunzi tivesse razão quando avisava: ninguém ensina a água. É como as mulheres: elas simplesmente sabem coisas. Inexplicáveis coisas. É por isso que é preciso temer ambas as criaturas: a mulher e a água. Era esse, afinal, o conselho do sonho.

* * *

Depois da ida ao cemitério, Silvestre Vitalício não mais deu acordo de si. Era um autómato, sem alma, sem fala. Ainda acreditámos que fosse convalescença da picada de cobra. Mas a enfermeira descartou essa explicação. Vitalício se exilara dentro de si. Jesusalém o afastara do mundo. A cidade o roubara de si próprio.

    Aproximado disse que as ruas do bairro eram pequenas, bastante passeáveis. Eu que fosse por elas com meu pai, a ver se ele ganhava distração. Hoje sei: nenhuma rua é pequena. Todas escondem infinitas histórias, todas ocultam incontáveis segredos.

    Certa vez, enquanto nos passeávamos pareceu-me que meu pai me empurrava levemente, dando-me direção. Passámos por uma igreja presbiteriana, num momento em que decorria uma cerimónia. Escutavam-se corais e um piano roufenho. Silvestre estacou, uma fulminância se deflagrou nos olhos. Sentou-se na escada da entrada, as mãos abertas de encontro ao peito.

    — *Me deixe aqui, Mwanito.*

    Havia tanto que não falava que a sua voz se tornara quase imperceptível. E ali, naquele recanto frio, permaneceu calado e hirto durante horas. Mesmo depois de terminar a missa e todos se retirarem, Silvestre não se moveu do degrau. Alguns, mais velhos, passaram por ele e o saudaram. A nenhum deles Silvestre correspondeu. A igreja e a rua já estavam escuras e desertas quando insisti:

    — *Pai, vamos, por favor.*

    — *Eu fico aqui.*

    — *Já é noite, vamos para casa.*

    — *Fico a viver aqui.*

    Conhecia a teimosia do meu pai. Regressei sozinho e alertei Ntunzi e Aproximado sobre a decisão do velho Silvestre. Foi o Tio que respondeu:

— *Deixemos o homem esta noite dormir lá...*
— *Ao relento?*
— *Há muito que ele não tem tanta casa.*

Manhã cedo estava na calçada para saber de meu pai. Encontrei-o como se não tivesse mudado de posição, resguardado na escadaria onde o deixara. Despertei-o tocando-lhe ao de leve no ombro.

— *Venha, pai. Amanhã voltamos outra vez, para escutar os cânticos.*
— *Amanhã? E quando é amanhã?*
— *Daqui a pouco, pai. Venha, eu trago-o de volta.*

E durante semanas, todos os dias à mesma hora, conduzi meu pai à escadaria da igreja, momentos antes das afinadas vozes subirem aos céus. De cada vez que fiz questão em me retirar, o seu braço me segurava. Calado e sem mover um dedo, queria partilhar aquele momento comigo. Queria refazer a varanda onde deitávamos o nosso silêncio. Até que, um dia, percebi que ele balbuciava as palavras dos hinos. Mesmo sem voz, Silvestre fazia coro com os cantantes. Sem que ninguém mais desse conta, as palavras de Vitalício subiam ao céu. Era um céu rasteiro, sem fôlego. Mas era o início de um infinito.

***

Despertei com o ruído de vozes femininas. Pela janela espreitei. Dezenas de pessoas enchiam a rua e paralisavam o trânsito. Gritavam palavras de ordem, empunhavam cartazes em que se lia: "Parem com a violência contra a mulher!". Entre a multidão, vislumbrei Zacaria Kalash que abria caminho para se aproximar da nossa residência. Abri a porta e ele, sem pausa para licença, irrompeu casa adentro, como se buscasse abrigo.

— *O barulho que essas gajas fazem! Noci está lá, toda agitada.*

Envergava o uniforme militar e arrastava um saco e uma mala. Conduzi-o para a cozinha que era, digamos, a sala de visitas depois da nossa intempestiva chegada.

— *Onde está o seu irmão?* — perguntou-me.

Ntunzi entrara em casa havia menos de uma hora, regressado de mais uma noitada. Deitara-se vestido, cheirando a álcool e fumo de cigarro. Desde que chegara à cidade, meu irmão jamais plantara o pé em casa. De escuro a escuro, vagueava em companhias que o Tio Aproximado classificava de "nada recomendáveis".

— *Ele ainda está a dormir.*

— *Pois vá chamá-lo.*

Zacaria esperou na cozinha, mas não se sentou. Ficou abrindo e fechando as cortinas como se a perturbação na rua o incomodasse. "Este mundo está lixado!", ainda o escutei resmungar. Tropecei pela obscuridade do quarto, sacudi Ntunzi e instei-o a que se apressasse. Regressei à cozinha e deparei com o militar servindo-se de uma cerveja:

— *Vou voltar a Jesusalém. Venho despedir-me.*

Todos tinham encontrado um lugar. Eu reencontrara a minha primeira casa. Meu pai ganhara morada na loucura. Só ele, Zacaria Kalash, não achara lugar na cidade.

— *Vai de vez, Zaca?*
— *Não. Só até terminar umas certas obrigações.*
— *E vai fazer o quê, em Jesusalém?*
— *Não vou fazer, vou desfazer...*
— *Como assim?*
— *Vou explodir o paiol, enterrar as armas...*
— *Não quer que haja mais guerras, não é, Zaca?*

Um sorriso triste, quase enigmático lhe pesou no rosto. Parecia ter medo da resposta. O dedo rodou na borda do copo arrancando um zumbido.

— *Sabe, Mwanito? Eu fui para a guerra para matar alguém* — e desenhou com o braço uma vaga presença.

— *Alguém?*
— *Alguém dentro de mim.*
— *E matou?*
— *Não.*
— *E agora?*
— *Agora é muito tarde. Esse alguém já me matou a mim.*

Em pequeno, com a minha idade, queria ser bombeiro, salvar pessoas de casas em fogo. Acabou incendiando casas com pessoas dentro. Soldado de tantas guerras, soldado sem nenhuma causa. Defender a pátria? Mas a pátria que defendera nunca fora sua. Assim falou o militar Kalash, enrolando as palavras, como se tivesse pressa em acabar as íntimas revelações.

— Sabe, Mwanito? Mais que qualquer outra, minha pátria foi Jesusalém. Mas, enfim, éguas cansadas não movem moinhos...

Fomos interrompidos pela chegada de Ntunzi. Olhos de véspera, cabelos despenteados, pés tropeçando no sono. Zacaria nem o saudou. Abriu o saco e retirou de lá uma mochila e atirou-a para os braços do recém-chegado.

— *Leve esta mochila para o quarto e faça a sua trouxa.*

— *Fazer a trouxa? Para quê?*

— *Vai comigo para Jesusalém.*

— *Para onde?* — ripostou, soltando uma gargalhada para logo a seguir proclamar, todo crispado:

— *Nem pense. Zacaria, não saio daqui nem morto.*

— *Ficamos uns dias lá.*

Sabia como as discussões evoluíam na nossa pequena tribo. Percebendo que a tensão não tardaria a gerar conflito, interferi, suavizando:

— *Vá, Ntunzi. Não custa acompanhar Zacaria. É só ir e vir.*

— *Ele que vá sozinho.*

Zacaria ergueu-se e se colocou em frente de Ntunzi enquanto do coldre pendurado no cinto retirou uma pistola. Recuei, receando o pior. Mas a voz de Kalash tinha a tranquilidade das vontades consumadas quando proferiu:

— *Segure esta pistola.*

O meu irmão, com o espanto dos recém-nascidos, permaneceu boquiaberto, com a mão adormecida mal sustentando o peso da arma. Kalash deu um passo atrás e contemplou a patética figura de Ntunzi.
— *Você não entende, Ntunzi.*
— *Não entendo o quê?*
— *Você vai ser soldado. É por isso que o venho buscar.*
Ntunzi se deixou tombar numa cadeira, olhos absortos no nada. Ficou assim um tempo até que Zaca Kalash recolheu a pistola e o ajudou a erguer-se.
— *Já se adivinhava o que lhe haveria de acontecer aqui, na cidade. Não o deixo ficar aqui nem mais um dia.*
— *Não vou para nenhum lado, você não manda em mim. Vou chamar o meu pai.*
Fomos atrás de meu irmão pelo corredor da casa. A porta do quarto foi aberta de supetão, mas Silvestre não moveu uma pestana perante a algazarra. O soldado pôs cobro à discussão com um berro.
— *Vem comigo que eu estou a mandar!*
— *O único que aqui me dá ordens é meu pai.*
De repente, Silvestre ergueu o braço. Nosso velho queria falar. Apenas sussurrou:
— *Saiam todos. Você, Ntunzi, fica.*
Retirámo-nos eu e Zacaria para retomarmos os nossos lugares na mesa da cozinha. Zacaria abriu uma nova garrafa de cerveja e bebeu, sem nunca mais falar. Lá fora escutavam-se as manifestantes gritando: "Mulheres, denunciem, denunciem!".

— *Feche a porta para o seu pai não ouvir.*
Quando reentrou na cozinha, Ntunzi parecia ter engravidado pelas costas. Curvado do peso que trazia, se aproximou de mim:
— *Adeus, mano.*
Abracei-o, mas os meus braços eram pequenos para tanto volume. As minhas mãos acariciaram a lona da mochila como se fosse o corpo dele. Ntunzi e Zacaria se encaminharam porta fora e eu fiquei olhando meu irmão se afastar como se a estrada fosse o seu inelutável destino. Lentamente, abriram alas entre as mulheres manifestantes. Observando melhor o seu jeito de caminhar, me pareceu que, apesar da ressaca da noite anterior, Ntunzi seguia de passo militar, em exata cópia dos modos de Zacaria.

A minha mão repuxava as cortinas quando notei que Noci me acenava. Convidava-me a descer, a juntar-me à manifestação. Sorri, contrafeito. E fechei a janela.

* * *

Passaram-se dias em que não fui mais do que pai de meu pai. Cuidava dele, o conduzia por lugares para os quais ele sempre respondia como um cego.

Até que um dia recebi um envelope. Reconheci a letra de Marta. Era a primeira carta que alguém, alguma vez, havia escrito para mim.

A árvore imóvel

Terror de te amar num sítio tão frágil como o mundo.

Mal de te amar neste lugar de imperfeição
Onde tudo nos quebra e emudece
Onde tudo nos mente e nos separa.

Sophia de Mello Breyner Andresen

    Escrevo-te esta carta, caro Mwanito, para que a nossa despedida se faça sem nenhum adeus. No último dia em que estivemos juntos contaste-me o sonho em que o teu pai me salvava de morrer afogada no rio. Se pensarmos que a vida é um rio, o teu sonho é verdadeiro. Eu fui salva em Jesusalém. Silvestre me ensinou a encontrar Marcelo vivo em tudo o que nasce.
    Nunca quis saber como Marcelo morrera. De doença, me bastava como explicação. No dia em que parti, já no aeroporto, Noci me contou detalhes da derradeira viagem do meu marido. Depois de Aproximado o deixar junto ao portão, Marcelo terá vagueado sem direção, durante dias, até que foi baleado numa emboscada. Imaginamos por onde andou pelas imagens que restaram nos seus rolos fotográficos. Noci ofereceu-me essas fotos a preto e branco. Não eram, como pensava, imagens de garças e paisagens. Era a reportagem do seu próprio fim, um diário pictórico da

sua decadência. Por esse registo percebemos que ele desejava alonjar-se de si mesmo. Primeiro, andando desgrenhado e sem roupas. Depois, cada vez mais próximo dos bichos, bebendo água de poças, comendo carne crua. Quando o abateram, Marcelo foi tomado por um animal bravio. Não foram os da guerra que o mataram. Foram caçadores. O meu homem, caro Mwanito, escolheu essa espécie de suicídio. Quando a morte chegasse ele já teria deixado de ser pessoa. E assim se sentiria morrer menos.

Não foi um continente que engoliu Marcelo. Foram os seus demónios interiores que o devoraram. Esses demónios arderam quando, momentos antes do regresso a Lisboa, queimei todas as fotografias que Noci me tinha dado.

* * *

A vida só sucede quando deixamos de a entender. Nos últimos tempos, meu querido Mwanito, estou longe de qualquer entendimento. Nunca me imaginei viajando para África. Agora, não sei como regressar à Europa. Quero voltar para Lisboa, sim, mas sem memória de alguma vez já ter vivido. Não me apetece reconhecer nem gente, nem lugares, nem sequer a língua que nos dá acesso aos outros. É por isso que me dei tão bem em Jesusalém: tudo era estranho e não prestava contas sobre quem era, nem que destino devia escolher. Em Jesusalém, a minha alma se tornava leve, desossada, irmã das garças.

Tudo isto devo a teu pai, Silvestre Vitalício. Condenei-o por ele vos ter arrastado para um deserto. A verdade, todavia, é que ele inaugurou o seu próprio território. Ntunzi responderia que Jesusalém se fundava num logro criado por um doente. Era mentira, sim. Porém, se temos que viver na mentira que seja na nossa própria mentira. Afinal, o velho Silvestre não mentia assim tanto na sua visão apocalíptica. Porque ele tinha razão: o mundo termina quando já não somos capazes de o amar.

E a loucura nem sempre é uma doença. Por vezes, é um ato de coragem. O teu pai, caro Mwanito, teve essa coragem que nos falta a nós. Quando tudo estava perdido, ele começou tudo de novo. Mesmo que esse tudo aos outros parecesse nada.

Eis a lição que aprendi em Jesusalém: a vida não foi feita para ser pouca e breve. E o mundo não foi feito para ter medida.

* * *

Quando começaste a ler os rótulos das caixas de armas não eram as letras que tu mais aprendias. O ensinamento era outro: as palavras podem ser o arco que liga a Morte e a Vida. É por isso que te escrevo. Não há morte, nesta carta. Mas há uma despedida que é um pequeno modo de morrer. Lembras-te como dizia Zacaria? "Tive as minhas mortes, felizmente, todas elas passageiras." A minha única morte foi a de Marcelo. Essa, sim, foi o primeiro desfecho definitivo. Não sei se Marcelo foi o amor da minha vida. Mas foi uma vida inteira de amor. Quem ama, ama para sempre. Nunca faças nada para sempre. Exceto amar.

Contudo, não é para falar de mim que te escrevo. Mas de tua mãe Dordalma. Falei com Aproximado, com Zacaria, com Noci, com os vizinhos. Todos me contaram pedaços de uma história. É meu dever devolver-te esse passado que te foi roubado. Dizem que a história de uma vida se esgota no relato da sua morte. Esta é a história dos dias finais de Dordalma. De como ela perdeu a vida, depois de se ter perdido da vida.

***

Era uma quarta-feira. Nessa manhã, Dordalma saiu de casa como nunca o fez em sua vida: para ser olhada e invejada. O vestido era de cegar um mortal e o decote era de fazer um cego ver o céu. Estava tão vistosa que poucos deram conta da pequena mala que transportava com o mesmo desamparo de uma criança no primeiro dia de escola.

Começo assim porque tu, Mwanito, não fazes ideia de como a tua mãe era linda. Não era o rosto, nem a cintura, nem as pernas ágeis e torneadas. Era ela, toda inteira. Em casa, Dordalma nunca era mais do que cinza, apagada e fria. Os anos de solidão e descrença a habilitaram a ser ninguém, simples indígena do silêncio. Infinitas vezes, porém, em frente ao espelho ela se vingava. E ali, na penteadeira, se enchia de aparências. Parecia, sei lá, um cubo de gelo num copo.

Disputando a superfície, reinando no cimeiro lugar até o tempo de voltar a ser água.

E regresso aos inícios: nessa quarta-feira, a tua mãe saiu de casa, vestida para semear devaneios. Os olhares da vizinhança não eram de cumprimentos perante a beleza. E suspiravam: de inveja, as mulheres; de desejo, os homens. Raiavam nas pupilas dos machos as mesmas dilatadas veias que enchem os olhos dos predadores.

Eis os factos, nus e crus. Nessa manhã tua mãe entrou no chapa-cem e espremeu-se entre os homens que enchiam a viatura. O autocarro partiu, entre fumos, animado de estranha pressa. O chapa não seguiu o rumo habitual. O motorista desconduziu-se, distraído, quem sabe, pelo espelho que lhe entregava as retrovisões da bela passageira. Por fim, o autocarro parou num esconso e escuro baldio. O que se passou a seguir até me dói escrever.

A verdade é que, de acordo com as esquivas testemunhas, Dordalma foi arremessada no solo, entre babas e grunhidos, apetites de feras e raivas de bicho. E ela foi-se afundando na areia como se nada mais que o chão protegesse o seu frágil e trémulo corpo. Um por um, os homens serviram-se dela urrando como se se vingassem de uma ofensa secular.

Doze homens depois, a tua mãe restou no solo, quase sem vida. Nas seguintes horas, ela não foi mais que um corpo, um vulto à mercê dos corvos e dos ratos e, pior que isso, exposto aos olhares maldosos dos raros passantes. Ninguém a ajudou a erguer-se. Vezes sem conta tentou recompor-se, mas, não encontrando forças, voltou a tombar, sem lágrima, sem alma.

Por fim, já em pleno escuro, surgiu o teu pai, furtivo como gato entre as telhas. Olhou em redor, encheu o peito e tomou a esposa nos braços. Carregando Dordalma ao colo, Silvestre atravessou a rua lentamente, sabendo que por detrás das janelas dezenas de olhares se espetavam na sua lúgubre imagem.

À entrada da porta estacou, feito estátua. No breu, não se percebia se chorava, se crispava o rosto em maldição sobre o mundo e as ocultas gentes.

Com o pé fechou a porta atrás de si e a casa dos Vitalícios escureceu para sempre. Silvestre depositou o corpo de tua mãe na mesa da cozinha e ajeitou-lhe a cabeça entre sacos e panos. Depois, foi ao teu quarto, beijou-te a fronte e passou a mão pela cabeça do teu irmão. Rodou a chave na fechadura e anunciou:

— *Já volto.*

Regressou à cozinha para tirar as roupas de tua mãe. Deixou o corpo nu, ainda sem consciência, e fez um embrulho com o desempregado vestuário. Levou o embrulho para o quintal e queimou as roupas depois de as regar com petróleo.

Sentou-se de novo junto à mesa e ficou vigiando a esposa que dormia. Nem um afago nem um cuidado. Apenas a fria espera de zeloso funcionário. Assim que os primeiros sinais de consciência assomaram ao rosto de Dordalma, o teu pai lhe atirou:

— *Consegue ouvir-me?*

— *Consigo.*

— *Pois escute bem o que lhe vou dizer: nunca mais me envergonhe desta maneira. Escutou bem?*

Dordalma acenou afirmativamente, olhos fechados, e ele levantou-se para lhe virar as costas. A tua mãe colocou os pés no chão e procurou apoio no braço do marido. Silvestre desviou-se e lhe negou a saída para o corredor:

— *Fique aqui. Não quero que os miúdos cruzem consigo nesse estado.*

Ela que permanecesse na cozinha, se lavasse como deve ser. Mais logo, quando a casa dormisse, podia sair para o quarto e deixar-se por lá, quieta e muda. Que ele, Silvestre Vitalício, já sofrera vexames que bastassem.

* * *

O teu pai despertou alarmado como se uma voz interior o chamasse. O peito arfava, o suor escorria como se ele fosse feito só de água. Foi à janela, correu os cortinados e viu a esposa pendurada na árvore. Os pés estavam a pouca distância do chão. Entendeu de imediato: essa pouca distância era o que separava a vida da morte.

Antes que a rua despertasse, Silvestre dirigiu-se à casuarina com passo estugado como se ali, à sua frente, apenas estivesse uma criatura vegetal, feita de folhas e ramos. A tua mãe lhe surgiu como um fruto seco, a corda não sendo mais que um pecíolo tenso. Esbracejou contra as ramagens e, em silêncio, cortou a corda para escutar o baque surdo do corpo de encontro ao chão. E logo se arrependeu. Aquele som já antes ele escutara: era o barulho da terra tombando sobre a tampa do caixão. Aquele ruído iria incrustar-se nos seus ouvidos como musgo na parede sombria. Mais tarde, o teu silêncio, Mwanito, foi a sua defesa contra esse eco recriminador.

 Pela segunda vez consecutiva Silvestre atravessou a rua transportando a tua mãe ao colo. Desta vez, porém, era como se ela tivesse deixado o peso suspenso na forca. Pousou o corpo nu no chão da varanda e olhou: não havia réstia de sangue, não havia marca de doença nem ferida de briga. Não fosse a total imobilidade do peito ninguém a diria morta. Desta feita, Silvestre desabou em pranto. Quem por ali passasse acreditava que eram as penas da morte que derrubavam Silvestre. Mas não era a viuvez a causa das suas lágrimas. O teu pai chorava por despeito. Suicídio de mulher casada é o vexame maior para qualquer marido. Não era ele o legítimo proprietário da vida dela? Então, como admitir aquela humilhante desobediência? Dordalma não abdicara de viver: perdida a posse da sua própria vida, ela atirara na cara do teu pai o espetáculo da sua própria morte.

* * *

O que se passou no funeral já tu sabes. O vento corrigindo as covas, inviabilizando as sucessivas sepulturas. Foi preciso que outros, os profissionais coveiros, terminassem o enterro. Já em casa, após o cemitério,

Ntunzi era o mais solitário de todos os meninos deste mundo. Nenhum afeto dos presentes lhe podia servir de consolo. Apenas a palavra do velho Silvestre Vitalício o podia curar. O teu pai, porém, permaneceu distante. Foste tu que atravessaste a multidão e rodeaste com as tuas pequenas mãos o rosto do viúvo. A concha das tuas mãos afastou Silvestre para um silêncio perfeito. Talvez tenha sido nesse silêncio que ele anteviu Jesusalém, esse lugar para além de todos os lugares.

Depois do funeral, o teu pai recolheu-se dias a fio na igreja. Não participava no coro, mas assistia às missas e, depois, deixava-se ficar, prostrado como um mendigo a quem faltasse o lar. Por vezes sentava-se frente ao piano e os dedos passeavam, distraídos, pelas teclas. Era o mês de Julho e fazia um desses frios em que as mãos se esquecem de si mesmas no aconchego dos bolsos.

Foi num desses retiros que Zacaria entrou no recinto sagrado. Ele acabava de chegar da frente de batalha, envergando ainda um sobretudo militar. Kalash dirigiu-se a teu pai e saudou-o com um abraço enérgico. Parecia que se abraçavam afetuosamente. Mas eles lutavam. O que diziam, em sussurro, um ao ouvido do outro, semelhavam ser palavras de consolo. Mas eram ameaças de morte. Quem por ali passasse dificilmente adivinharia que eles se confrontavam mortalmente. E ninguém poderá dizer que escutou o tiro. O sangue que pingava da farda de Zacaria quando ele se retirou também não poderá nunca constituir prova. Silvestre limpou o chão, não restando vestígio de violência. Não houve luta, nem disparo, nem sangue. Para os devidos efeitos, os dois amigos tinham-se longamente abraçado, amparando a recíproca tristeza pelo desaparecimento de tua querida mãe, Dordalma.

***

Agora sabes por que razão Ntunzi partiu com Kalash. Por que razão ele seguirá o destino militar que persegue gerações na família de Zacaria. Agora sabes por que motivo Silvestre temia o vento e a dança das árvores evocando fantasmas. Agora sabes dos motivos de Jesusalém e do exílio dos Venturas fora do mundo. O teu pai, afinal, não era apenas estranho e Jesusalém não constituía um acaso da sua loucura. Para Silvestre o passado era uma doença e as lembranças um castigo. Ele queria morar no esquecimento. Ele queria viver longe da culpa.

Quando leres esta carta já não estarei no teu país. A bem dizer, estarei como Zacaria: sem pátria que seja minha, mas jurando servir causas que outros inventaram. Regresso a Portugal sem Marcelo, regresso sem parte de mim. Para onde quer que vá não encontrarei suficiente espaço para dar sombra ao voo das garças. Em Jesusalém a Terra terá sempre mais terra.

***

Certa vez, Noci me contou do vazio da sua relação com Aproximado. Como o namoro, com o tempo, se tinha vazado. Distintos que parecessem os nossos tra-

jetos, nós pisávamos as mesmas pegadas. Eu saíra da minha terra para procurar um homem que me traía. Ela traía-se a si mesma com alguém que não amava.
— *Por que aceitamos tanto?*— questionou Noci.
— *Quem?*
— *Nós, mulheres. Por que aceitamos tanto, tudo?*
— *Porque temos medo.*
O nosso medo maior é o da solidão. Uma mulher não pode existir sozinha, sob o risco de deixar de ser mulher. Ou se converte, para tranquilidade de todos, numa outra coisa: numa louca, numa velha, numa feiticeira. Ou, como diria Silvestre, numa puta. Tudo menos mulher. Foi isto que eu disse a Noci: neste mundo só somos alguém se formos esposa. É o que agora sou, mesmo sendo viúva. Sou a esposa de um morto.

***

Deixo contigo fotografias nossas, dos nossos dias na coutada. Uma delas, a que eu prefiro, mostra o luar refletido na lagoa. Essa noite, receio bem, foi a última vez que olhei a Lua. Resta-me essa luz difusa para iluminar as quantas noites me esperam.

Quero agradecer-te tudo aquilo que vivi e aprendi nesse teu lugar. Essa lição é a seguinte: a morte apartou-me de Marcelo como a noite afasta os pássaros. Apenas por uma estação de tristeza.

Reencontramos os nossos amores num próximo luar. Mesmo sem lagoa, mesmo sem noite, mesmo sem Lua. Dentro da luz, eternos, eles regressam, roupa flutuando na corrente de um rio.

Não sei se tenho mais felicidade que tu: possuo uma casa para onde regressar. Tenho os meus pais, tenho os círculos onde me confirmo igual àquilo que os outros esperam de mim. Os que te amam aceitaram que eu tivesse partido. Mas exigem que volte a mesma, reconhecível, como se a viagem fosse um caso passageiro. Tu és um menino, Mwanito. Há muita viagem, muita infância que podes ainda viver. Ninguém te poderá pedir que não sejas mais que um pastor de silêncios.

Não escreverás de volta. Não deixo endereço, nem nenhum sinal de mim. Se um dia te apetecer saber de mim pergunta a Zacaria. Ele me deixou a incumbência de resgatar parte do seu passado em Portugal. Ele quer de volta a sua madrinha, quer ver renascida a magia das cartas. Um dia, estou certa, voltarei a ti. Mas nunca mais haverá Jesusalém.

O livro

Nunca mais
A tua face será pura limpa e viva
Nem o teu andar como onda fugitiva
Se poderá nos passos do tempo tecer.
E nunca mais darei ao tempo a minha vida.

Nunca mais servirei senhor que possa morrer.
A luz da tarde mostra-me os destroços
Do teu ser. Em breve a podridão
Beberá os teus olhos e os teus ossos
Tomando a tua mão na sua mão.

Nunca mais amarei quem não possa viver
Sempre,
Porque eu amei como se fossem eternos
A glória, a luz e o brilho do teu ser,
Amei-te em verdade e transparência
E nem sequer me resta a tua ausência,
És um rosto de nojo e negação
E eu fecho os olhos para não te ver.

Nunca mais servirei senhor que possa morrer.

Sophia de Mello Breyner Andresen

Tinham-se passado cinco anos desde que Marta, Ntunzi e Zacaria partiram. Um certo dia, Aproximado me chamou à sala onde se encontravam Noci e alguns garotos da vizinhança. Em cima da mesa estava um bolo com velas espetadas na cobertura de açúcar branco.

— *Conte as velas* — ordenou-me o Tio.
— *Para quê?*
— *Conte.*
— *São dezasseis.*
— *É a sua idade* — disse Aproximado. — *E hoje é o seu aniversário.*

Nunca antes me fizeram uma festa de anos. A bem dizer, nem me ocorria haver um dia em que eu nascera. Mas eis que ali, na sala sombria de nossa casa, a mesa estava posta com bolos e refrescos, decorada com fitas e balões. Sobre a cobertura do bolo estava escrito o meu nome.

Foram buscar o meu velho e sentaram-no junto a mim. Um por um, os convidados me entregaram prendas que desajeitadamente eu ia empilhando na cadeira ao lado. De repente, começaram a cantar e bater palmas. Percebi que, por um instante, era o centro do universo. Por instrução de Aproximado, apaguei, de um sopro, as velas. Nesse momento meu pai saiu da imobilidade e, sem que ninguém notasse, me apertou o braço. Era o seu modo de mostrar carinho.

Horas depois, de regresso ao quarto, Silvestre se internou de novo na sua habitual concha. Desde havia cinco anos que era eu quem tratava dele, quem o conduzia pelas trivialidades do dia a dia e o ajudava a comer e a lavar-se. Quem tratava de mim era o Tio Aproximado. Frequentemente, esse parente se sentava frente a Silvestre e, depois de um longo confronto de olhares, se interrogava em voz alta:

— *Você não está a fingir-se maluco apenas para não me pagar as dívidas?*

No rosto de Vitalício não se vislumbrava rabisco de resposta. Eu chamava o Tio à razão: como podia aquele teatro ser tão convincente e duradouro?

— *É que são dívidas antigas, que datam de Jesusalém. Havia anos que seu pai já não pagava as mercadorias.*

— *Para não falar do resto* — acrescentava.

Aproximado nunca explicou em que consistia esse "resto". E a lamentação prosseguia, sempre igual: que o cunhado nunca imaginou como era difícil viajar pela estrada para Jesusalém. Nem quanto o camionista precisava pagar para evitar emboscadas e escapar dos assaltos. Segredo da sobrevivência, alvitrava, é almoçar com o diabo e comer os restos com os anjos. E concluía, puxando lustro à esperteza:

— *É bem feito para mim. Comércio dentro da família é o que dá...*

— *Eu posso pagar, Tio.*

— *Pagar o quê?*

— *As dívidas...*

— *Não me faça rir, sobrinho.*

Se havia dívidas, a verdade é que Aproximado não se vingava em mim. Pelo contrário, me protegia como a um filho que nunca teve. Não fosse por ele e eu nunca teria frequentado a escola do bairro. Não mais esquecerei o meu primeiro dia de aulas, o estranho sentimento de ver tantos meninos sentados numa mesma sala. Mais estranho ainda: era um livro que nos unia horas a fio, tecendo infâncias num mundo envelhecido. Durante anos eu me concebera como o único menino no universo. E durante uma vida essa solitária criança esteve interdita de olhar um livro. Por isso, desde a primeira lição, enquanto tabuada e abecedário fluíam na sala, eu acariciava os cadernos e me recordava do meu baralho de cartas.

O fascínio pelas aulas não passou desapercebido ao professor. Era um homem magro e seco, olhos cavos e envelhecidos. Falava com paixão sobre a injustiça e contra os novos-ricos. Uma tarde, levou a turma a visitar o local onde um jornalista que denunciara os corruptos tinha sido assassinado. No local, não havia monumento nem nenhum sinal de homenagem oficial. Apenas uma árvore, um cajueiro eternizava a coragem de quem arriscou a vida contra a mentira.

— *Deixemos flores neste passeio para limpar o sangue; flores para lavar a vergonha.*

Foram essas as palavras do professor. Com o dinheiro do nosso mestre comprámos flores e com elas cobrimos o passeio. No caminho de regresso, o professor seguia à minha frente e eu o vi tão sem peso que receei que, como um papagaio de papel, partisse em voo pelos céus.

***

— *Ele fez isso?* — se espantou Noci. — *Levou-vos a visitar o jornalista do povo?*

— *E deixámos flores, todos...*

— *Então você amanhã vai entregar uns papéis a esse professor. Mais uma cartinha que lhe vou escrever...*

O que estava na cabeça dela não sei, mas a moça não se fez esperar. Obedecendo a um mando seu, fiquei vigiando o corredor enquanto ela rebuscava as gavetas de Aproximado. Reuniu uns tantos documentos, rabiscou uma pequena nota e fechou tudo num envelope.

Foi esse sobrescrito que, na manhã seguinte, entreguei ao professor. Nessa altura, era bem visível o quanto o nosso delicado mestre estava doente. E continuou emagrecendo até que toda a mínima roupa lhe parecia excessiva. Por fim, deixou de comparecer e não tardou que anunciassem a sua morte. Disseram depois que sofria da "doença do século". Que era mais uma vítima da "pandemia". Mas nunca pronunciaram o nome da enfermidade.

Silvestre foi comigo ao funeral do professor. No cemitério, passou pela campa de Dordalma. E sentou-se com o peso de quem nunca mais se iria reerguer. Ficou mudo e quedo, apenas os pés roçavam a areia, para cá e para lá, num contínuo balanço de pêndulo. Dei um tempo e depois incentivei-o:

— *Vamos regressar, pai?*

Não haveria regresso. Naquele momento, percebi: Silvestre Vitalício acabara de perder todo contacto com o mundo. Antes, já quase não falava. Agora, deixara de ver as pessoas. Apenas sombras. E nunca mais falou.

Meu velho estava cego para si mesmo. Nem no seu corpo, agora, ele tinha casa.

Nessa noite pensei no falecido professor. E concluí ser a "doença do século" um encaroçamento do passado, uma maleita feita de tempo. Essa enfermidade corria na nossa família. No dia seguinte anunciei na escola:

— *Meu pai também sofre disso...*
— *De quê?*
— *Da doença do século.*

Me olharam com comiseração e repulsa como se fosse portador de contagiosas ameaças. Amigos me evitaram, vizinhos se afastaram. Essa exclusão de todos me trouxe, confesso, um contentamento. Como se secretamente quisesse regressar à solidão. E esse descaminho fui seguindo nos tempos. Depois da morte do professor perdi o interesse pela escola. Saía de manhã, fardado a rigor. Mas ficava pelo pátio rabiscando lembranças no meu caderno diário. Quando à volta tudo tinha escurecido, ainda as páginas guardavam o brilho do dia. De regresso a casa, passei a saudar o meu pai ao modo antigo, consoante os mandos de Jesusalém:

— *Já posso dormir, pai. Já abracei a terra.*

Talvez, no fundo de mim, eu sentisse saudade da imensa quietude do meu triste passado.

* * *

E havia Noci, uma razão acrescida para faltar à escola. A namorada de Aproximado se oferecia para me apoiar nos deveres de casa. Mesmo não os havendo, eu os inventava apenas para a ter debruçada sobre mim, espetando nos meus os seus grandes olhos negros. E havia ainda a gota de suor escorrendo entre os seios dela e eu seguia afogado e afogueado nessa gota, descendo no peito dela até me afundar em tremor e suspiro.

Manhã cedo, Noci circulava quase despida pela casa. Comecei a ter sonhos eróticos. Não era algo novo em mim. Por meus devaneios já haviam passado colegas minhas da escola, professoras e vizinhas. Mas era a primeira vez que a suave presença de uma mulher entontecia toda a nossa casa. Uma coisa soube depois: no calor da noite, não era apenas eu que sonhava.

Não sei que amores Noci ainda dedicava a Aproximado. A verdade é que, certas ocasiões, escutávamos os gemidos vindos do quarto deles. Meu pai virava-se e revirava-se no leito. Ele que ensurdecera para tudo, mantinha ouvidos para os libidinosos sussurros. Certa vez notei que chorava. Depois confirmei: Silvestre Vitalício chorava todas as noites em que o amor se acendia na casa.

O amor vicia mesmo antes de acontecer. Isso aprendi. Como também aprendi que os sonhos se apuram de tanto se repetirem. À medida que os meus delírios noturnos reclamavam por Noci, mais verdadeira se tornava a sua presença. Até que uma noite pude jurar que era ela, em carne e osso, que entrava, furtiva, no meu quarto. O seu vulto se esgueirou lençóis adentro e, nos restantes instantes, naufraguei na intermitente fronteira dos nossos corpos. Não sei se foi ela, em corpo real, que me visitou. Sei que, após a sua saída, meu pai chorava no leito ao lado.

* * *

Meu tio não se cansava de repisar o quanto não foi pago pelos serviços prestados à família. Pelo que víamos, porém, as dívidas de Silvestre não deixavam Aproximado em estado de carência. O nosso Tio se vangloriava do dinheiro que conseguia com os negócios de emissão de licenças para caça. "Mas isso não é ilícito?", perguntava Noci. Ora, o que é ilícito nos dias de hoje? Uma mão vai sujando a outra e as duas imitam o gesto de Pilatos, não é verdade? Era a resposta do Tio. E não havia dia que não regressasse com novos motivos de festejo: anulava multas, fazia vista grossa a desmandos e inventava complicações para novos investidores.

— *Lembra o meu camião, durante a guerra? Pois o aparelho de Estado é o meu camião de hoje.*

A vaidade o levou a que, num domingo, estendesse no chão da sala o mapa da coutada e nos convocasse a mim, meu pai e Noci:

— *Está a ver o seu Jesusalém, meu caro Silvestrão? Pois, agora, é tudo propriedade privada, e sou eu que estou privando dela, está a entender?*

O olhar oco de meu pai raspava no chão, mas nunca se deteve onde o cunhado pretendia. E aconteceu então que Silvestre se decidiu a atravessar a sala, arrastando nos seus pés o mapa que se ia rasgando em largas tiras.

Incapaz de se conter, Noci lançou uma gargalhada. Do peito de Aproximado extravasaram recalcadas iras:

— *Pois você, minha querida, vai deixar de vir aqui.*

— *Esta casa é sua?*

— *A partir de agora sou eu que a vou visitar a sua casa.*

Desde então, Noci passou a acontecer como a Lua. Visível apenas em estações do mês. E eu passei a suceder por marés, sazonalmente me inundando de mulher.

* * *

Certa vez, Noci entrou em casa a meio da manhã. Esgueirou-se, furtiva pelos aposentos. Perguntou por Aproximado.

— *A esta hora, Dona Noci?* — respondi eu. — *A esta hora, a senhora bem sabe, o Tio está a trabalhar.*

A moça se meteu na casa de banho e, sem fechar a porta, foi lançando no chão as suas roupas. De repente, me assaltou uma espécie de cegueira e sacudi a cabeça com receio de nunca mais voltar a ver. Escutei, então, o barulho da água no chuveiro e fiquei imaginando o seu corpo molhado, acariciado por suas próprias mãos.

— *Estás aí, Mwanito?*

O embaraço não me deixou responder. Ela adivinhava que eu me grudara na porta, incapaz de espreitar, mas não tendo força para me afastar.

— *Entra.*

— *Como?*

— *Quero que procures uma caixa que está na minha bolsa. Trouxe essa caixa para ti.*

Entrei, a medo. Noci estava-se limpando na toalha e eu podia entrever ora o seu peito ora as suas longas pernas. Retirei uma caixa de metal e a ergui, tremendo. Ela entendeu o meu gesto.

— *É essa mesma. Lá dentro está dinheiro. É todo teu.*

E ela foi explicando a origem daquele pequeno tesouro. Noci fazia parte de uma associação de mulheres que lutava contra a violênica doméstica. Há uns meses Silvestre interrompeu uma dessas sessões e atravessou a sala, em silêncio.

— *Foi muito estranho o que ele fez* — lembrou Noci.

— *Não leve a mal* — acudi eu. — *Meu pai sempre teve uma ideia negativa sobre as mulheres, peço que lhe perdoe...*

— *Ao contrário, eu... aliás, todas nós ficámos muito gratas.*

O que sucedera fora o seguinte: Silvestre cruzara a sala e deixara sobre a mesa uma caixa com dinheiro. Era a sua contribuição para a causa daquelas mulheres.

A associação, entretanto, fechara. Ameaças diversas semearam o medo entre as associadas. O que Noci fazia era devolver o gesto solidário de meu pai.

— *Agora, tu vais esconder esse taco das vistas de Aproximado, ouviste? Esse dinheiro é teu, só teu.*

— *Só meu, Dona Noci?*

— *Sim. Como eu, neste momento, sou apenas tua.*

A toalha dela tombou a meus pés. E, de novo, como da primeira vez em Jesusalém, a presença de uma mulher fez dissolver o chão. Nesse abismo, nos lançámos, eu e ela. No final, quando os nossos corpos, esgotados, pousaram entrelaçados no pavimento, ela passou os dedos no meu rosto e murmurou:

— *Estás a chorar...*

Neguei, convicto. Noci parecia comovida com a minha fragilidade e, me olhando fundo nos olhos, perguntou:

— *Quem te ensinou a amar as mulheres?*

Devia ter respondido: foi a falta de amor. Mas nenhuma palavra me acudiu. Desarmado, vi Noci abotoando o vestido em preparos de despedida. No último botão ela se deteve e disse:

— *Quando nos entregou a caixa de dinheiro o teu pai não sabia que, no meio das notas, havia um bilhete com ordens.*

— Ordens? De quem?

— De tua mãe.

Meu pai nunca percebera mas a falecida esposa deixara um bilhete explicando a origem e o propósito daquele dinheiro. Eram poupanças de Dordalma e ela legava essa herança para que nada faltasse aos seus filhos.

— *Foi a tua mãe. Foi ela quem te ensinou a amar. Dordalma esteve sempre aqui.*

E a sua mão aberta pousou sobre o meu peito.

***

Até que vieram buscar o Tio. Uma denúncia anónima, disseram. Apenas eu sabia que os documentos reveladores tinham saído da sua gaveta e tinha sido a sua própria namorada que tinha encaminhado esses papéis com a minha cumplicidade. Quando voltou, depois de pagar a caução, Aproximado desconfiava de tudo e de todos. Sobretudo suspeitava dos secretos poderes de meu pai. Ao jantar, aproveitando a ausência de Noci, Aproximado engrossou a voz:

— *Foi você, Silvestre, aposto que foi você.*

Meu pai não escutou, não olhou, não falou. Ele existia em outra dimensão e era apenas a sua projeção corpórea que figurava diante de nós. O Tio retomou o autoritário discurso:

— *Pois eu lhe digo: assim como entrou, meu caro Silvestrão, você sai direto. Eu o exporto como se fosse um troféu.*

Posso jurar que vi um riso trocista no rosto de meu pai. Talvez o cunhado também tivesse tido a mesma percepção porque, surpreso, perguntou:

— *O que se passa? Voltou a escutar direito?*

Então, se assim era, Silvestre que escutasse. E o Tio desatou a inventariar prejuízos. Bruscamente, meu pai se ergueu da cadeira e, lentamente, verteu o conteúdo do copo no soalho. Todos entendíamos: dava de beber aos falecidos, pedia desculpa antecipada por um qualquer mau agoiro.

— *É demais, isto é demais!* — rosnou Aproximado.

A provocação do cunhado-viúvo tinha atingido os limites. Coxeando mais que o habitual, o Tio foi ao quarto e trouxe uma fotografia consigo. Sacudiu-a perante o meu nariz e clamou:

— *Veja quem é, meu sobrinho.*

Empolgado de súbita e inesperada alma, meu velho saltou para cima da mesa, cobrindo a fotografia com o corpo. Aproximado empurrou-o e os dois se digladiaram pela posse da imagem. Entendi que era o rosto de minha mãe que bailava nas mãos de Aproximado e decidi entrar na disputa. Em pouco tempo, porém, o papel se rasgou e cada um de nós ficou com um pedaço preso aos dedos. Silvestre se apropriou dos restantes pedaços e os inutilizou em ínfimas frações. Guardei a porção da fotografia que me restara. Nesse recorte figuravam apenas as mãos de Dordalma. Nos seus dedos entrelaçados se vislumbrava um anel de noivado. Já no meu leito, beijei repetidamente as mãos de minha mãe. Pela primeira vez dei boas-noites a quem me dera todas as noites.

Antes que adormecesse senti que Noci entrava no meu quarto. Desta vez era bem real. Nua ela se encostou a mim e eu percorri as curvas do seu corpo enquanto ia perdendo noção da minha própria substância.

— *Tu é que sabes de mim, tu é que tocas em mim...*

— *Não façamos barulho, Dona Noci.*

— *Isto não é barulho, Mwanito. É música.*

Seria música, mas a mim me aterrorizava pensar que meu pai estava ali ao lado e, mais ainda, que Aproximado nos poderia escutar. A presença de Noci, no entanto, era mais forte que o medo. Ao vê-la subindo e descendo sobre as minhas pernas me deflagrou de novo a dúvida: e se eu cegasse com as mulheres como sucedia com meu irmão Ntunzi? Fechei os olhos e não os voltei a abrir senão quando Noci bateu a porta em retirada.

***

No dia seguinte não houve dia. A meio da manhã Aproximado estava de regresso do escritório e os seus gritos ecoaram no corredor:
— *Filho da puta!*
Estremeci: o Tio me insultava, depois de descobrir como eu o traíra com Noci. O eco desigual de seus passos evoluiu no corredor e, sentado na cama, aguardei pelo pior. Os berros à entrada do quarto, porém, me sugeriram algo bem diferente dos meus iniciais receios:
— *Fui castigado! Fui transferido! Seu filho de uma grande puta, eu sei quem organizou isto tudo...*
À nossa frente se desvanecia em definitivo a imagem de um tio que, outrora, já fora discreto e afável. A sua gestualidade, em redor do leito do velho Silvestre, era majestosa e, ao mesmo tempo, caricata. Puxou do telemóvel como se empunhasse uma pistola e proclamou:
— *Vou chamar o seu filho mais velho, ele é que vai tratar da merda desta situação.*
E prosseguiu lamuriando enquanto esperava que alguém atendesse a chamada. Toda a vida aturara um

louco varrido. Agora tinha em casa um peso morto, aliás, dois pesos mortos. Interrompeu a lengalenga, percebendo que Ntunzi atendera. Aproximado explicou-nos que iria colocar a chamada no sistema de altifalante para nós podermos acompanhar a conversa.

— *Quem fala? É Ntunzi?*

— *Ntunzi? Não. Aqui fala o sargento Ventura.*

A saudade pode ser uma repentina estiagem na boca, um lume frio na garganta? No abafado daquela sala, engoli em seco perante o poder evocador da voz de um ausente. Aproximado repetiu o relambório de queixas sobre o cunhado. Do outro lado, Ntunzi desvalorizou:

— *Mas esse Silvestre está tão fraco, tão fora do mundo, tão longe de tudo...*

— *Engano seu, Ntunzi. Silvestre está mais pesado e mais inconveniente que nunca.*

— *Meu pobre pai, ele nunca esteve tão ninguém...*

— *Ai sim? Então me diga por que motivo me continua a chamar de Aproximado? Hem? Por que razão não me chama de Tio Orlando, ou mesmo de Tio Madrinho, como sempre me chamou antes?*

— *Não me diga que está a pensar em expulsar Silvestre? Mas essa casa é dele.*

— *Era. Já paguei mais do que devia por ela e por tudo o resto.*

— *Espere, Tio...*

— *Eu é que dito as regras, sobrinho. Você vai pedir dispensa no quartel, vem à cidade e leva-me daqui esses dois inúteis...*

— E quer que os leve para onde?
— Para o inferno... aliás, para Jesusalém, é isso mesmo, leve-os para Jesusalém de novo, quem sabe Deus já se instalou por lá?

***

Logo a seguir, Aproximado embalou a trouxa e partiu. Noci quis organizar um jantar de despedida, mas o Tio se furtou. Celebrar o quê? E ele se foi. Com Aproximado se foi também a sua namorada, a minha secreta amante. Meu desejo ainda a convocou, meu sonho a fez deitar na cama de casal vazia. Contudo, Noci não deu sinal. E me compenetrei: eu tinha corpo, mas me faltava a idade. Um dia procuraria por ela e lhe confessaria o quanto meus sonhos lhe tinham sido fiéis.

***

Uma semana depois, Ntunzi apareceu em nossa casa. Vinha eufórico, ansioso pelo reencontro. Progredira na carreira militar: as divisas nos ombros mostravam que já não era um soldado raso. Pensei que me lançaria nos braços de meu irmão. Me surpreendi, porém, com a minha apatia e o tom fleumático com que o saudei:
— Olá, Ntunzi.
— Esquece esse Ntunzi. Agora sou o sargento Olindo Ventura.
Assustado com a indiferença, o sargento recuou

dois passos e, de sobrolho franzido, manifestou a sua deceção:

— *Sou eu, o seu irmão. Estou aqui, Mwanito.*
— *Já vi.*
— *E o pai?*
— *Está lá dentro, pode entrar. Ele já não reage...*
— *Pelos vistos não é só ele.*

O militar deu meia-volta e desapareceu no corredor. Escutei o impercetível vozear do seu monólogo no quarto do pai. Pouco depois, retornava para me estender um saco de pano:

— *Trouxe-lhe isto.*

Como eu não mexesse um músculo, ele mesmo retirou da bolsa o meu velho baralho de cartas. Ainda trazia grãos de areia e sujidades agarradas. Perante a minha passividade, Ntunzi depositou a oferenda sobre as minhas pernas. As cartas, porém, não se seguraram no meu colo. Uma por uma foram tombando, desamparadas.

— *Que se passa, mano? Precisa de alguma coisa?*
— *Queria ser mordido pela víbora que atacou o pai.*

Ntunzi permaneceu calado, intrigado. Mastigou as mais amargas dúvidas e perguntou:

— *Você está bem, Mwanito?*

Acenei afirmativamente com a cabeça. Estava como sempre estive. Tinha sido ele que tinha mudado. Me assaltou a lembrança do momento em que, ainda em Jesusalém, Ntunzi anunciou a sua decisão de me

abandonar. Desta feita, a sua ausência se consumara, tão longa e dolorosa que eu a deixara de sentir.
— *Por que nunca nos visitou?*
— *Sou um militar. Não mando na minha vida.*
— *Não manda? Então, por que está tão feliz?*
— *Não sei. Talvez porque, pela primeira vez, mando em alguém.*

Do interior da casa chegaram ruídos que, para mim, eram familiares: Silvestre batia com a bengala no soalho, reclamando pela minha ajuda para ir à casa de banho. Ntunzi seguiu-me e viu como eu enfermeirava o nosso velho pai.
— *É sempre assim?* — perguntou.
— *Mais que sempre.*

Depositámos Silvestre de novo em seu eterno leito, sem que ele desse conta da presença de Ntunzi. Enchi o copo de água, acrescentei-lhe um pouco de açúcar. Liguei a televisão, ajustei-lhe a cabeça nas almofadas e deixei-o de olhar perdido no ecrã luminoso.
— *Acho estranho: Silvestre não tem assim tanta idade. Esse seu estado assim, tão moribundo, será verdade?*

Não sabia responder. A bem dizer, neste nosso mundo, haverá outro modo de viver que não seja por via de enganos?

***

Regressados à cozinha, um impulso me atirou de encontro ao peito do meu irmão. Abracei-o, por fim. E o abraço durou todo o tempo da sua ausência. Foi preciso que o braço dele, subtil, me afastasse. Eu não era mais menino, perdera acesso à lágrima. Tomei nas mãos o baralho e sacudi a poeira enquanto perguntava:

— *E notícias de Zacaria?*

Zacaria Kalash continuava se disfarçando de militar. Mas ele, sim, estava velho, bem mais velho que o nosso pai. Um dia, a polícia militar o mandou parar, para averiguar a origem do fardamento que envergava. Pior que falso: era um uniforme colonial. Zacaria foi detido.

— *A semana passada foi libertado.*

A novidade, porém, era outra: Marta ia pagar-lhe uma passagem para ele ir a Portugal. Zacaria Kalash ia visitar a madrinha de guerra dos velhos tempos da tropa.

— *Ver a madrinha, agora, já é um pouco tarde, não acha?*

Tememos a morte, sim. Mas nenhum medo é maior que aquele que sentimos da vida cheia, da vida vivida a todo o peito. Zacaria tinha perdido o receio. E ia viver. Foi o que respondeu o nosso Zacaria quando o meu irmão questionou a sua decisão.

***

De visita ao cemitério, nos detivemos junto à campa de Dordalma. Ntunzi rezou de olhos fechados e eu fiz de conta que o acompanhava, envergonhado por nunca ter aprendido oração. Depois, já na sombra, Ntunzi puxou de um cigarro e se alheou por um

tempo. Qualquer coisa me fez lembrar os tempos em que eu ajudava o nosso velho pai a fabricar silêncios.
— E você, Ntunzi, vai ficar um tempo connosco?
— Sim, por uns dias. Por que me pergunta?
— Estou exausto de tratar sozinho de nosso pai.

Felizmente, não sabia rezar. Porque, nos últimos tempos, eu rogava a Deus que Ele levasse o pai para os céus. Ntunzi escutou o meu triste desabafo, passou a mão pela perna a afagar o cano da bota militar. Tirou a boina e voltou a ajustá-la na cabeça. Entendi: preparava-se para uma declaração grave. A condição de soldado o ajudava a confirmar a sua coragem. Fitou-me longamente antes de falar:

— *Silvestre é nosso pai, mas você é o seu filho único.*
— O que está a dizer, Ntunzi?
— *Sou filho de Zacaria.*

Fingi que não havia surpresa. Saí da sombra e dei a volta pelo túmulo de minha mãe. E pensei como aquela lápide ocultava infinitos segredos. Afinal, quando Dordalma saiu de casa, no destinado chapa-cem, era com Zacaria que ela se ia encontrar. Agora tudo fazia sentido: o modo diferenciado como Silvestre me tratava. Os castigos que infligia em meu irmão. A proteção velada mas constante que Kalash destinava a Ntunzi. A aflição com que o militar conduziu ao rio o meu irmão doente. Tudo, agora, fazia sentido. Até o modo como Silvestre renomeara meu irmão. Ntunzi quer dizer "sombra". Eu era a luz dos seus olhos. Ntunzi lhe negava o Sol, lembrando-lhe o eterno pecado de Dordalma.

— *Já falou com ele, Ntunzi?*

— Com Silvestre? Como, se ele não dá sinais?
— Pergunto se falou com Zacaria, seu novo pai?

Que não. Os dois eram militares e havia assuntos que não são de boa regra trazer para conversa. Para os indevidos efeitos, Silvestre manter-se-ia seu único e legítimo pai.

— Mas veja o que me deu Zacaria. Esta é a última bala, lembra-se?

Exibiu o projétil. Era a bala alojada em seu ombro, aquela que ele nunca explicara. Tinha sido disparada por meu pai, durante a briga no funeral.

— Já viu? Meu pai quase matou o seu pai?
— Só não entendo uma coisa: por que razão eles foram juntos para Jesusalém...
— A culpa, Mwanito. Foi o sentimento de culpa que os juntou...

O que Ntunzi me contou, então, me deixou perplexo: a luta na igreja entre Zacaria e Silvestre não correspondera ao que todos pensaram. A realidade estava longe do relato de Marta. O que sucedeu, na verdade, foi o seguinte: derrubado pelo remorso, Zacaria se apresentou tardiamente no funeral, desconhecendo por completo o que se passara nas últimas horas de sua amada. Para ele, Dordalma se tinha suicidado por sua causa. E foi assim, dobrado pelo peso da culpa, que o militar se apresentou para as condolências. Na igreja, Zacaria abraçou o meu pai e, como bom militar, declarou que deveria lavar a sua honra. Sufocado pelo pranto, empunhou a pistola para pôr cobro à vida. Silvestre se colou ao corpo de Kalash a tempo de desviar o tiro. A bala se alojou junto à clavícula. Teria acertado no coração se ele não estivesse tão minguado, comentou o amargurado Kalash.

Mais tarde, à saída do hospital onde o militar recebeu tratamento, meu velho pai se escusou ao abraço de gratidão de Zacaria:

— *Não me agradeça. Eu apenas lhe estou retribuindo...*

* * *

Meu irmão dormiu na sala. Nessa noite não me chegou o sono. Puxei de uma cadeira de lona e me sentei à porta de casa. Fazia cacimbo e o orvalho toldava a paisagem em volta. Pensei em Noci. E me fez falta o rasgar de abismos a meus pés. Talvez eu fosse vê-la, caso ela insistisse na ausência.

O ruído da porta era quase esperado. Meu irmão se juntava à minha insónia. Trazia com ele as cartas de jogar e convidou:

— *Vai uma partida, Mwanito?*

O jogo era um pretexto, disso estávamos certos. Jogámos em silêncio como se o resultado da partida fosse vital. Até que Ntunzi falou:

— *A caminho da cidade passei por Jesusalém.*

— *Aproximado disse que aquilo está tudo mudado.*

Não era verdade. Apesar de tudo, o tempo não entrara para além da cancela da coutada. Isso assegurou Ntunzi que me descreveu, com detalhe, tudo o

que vira na nossa antiga residência. Interrompi-o no início do relato:
— *Espere, vamos trazer o pai para aqui.*
— *Mas ele não estará a dormir?*
— *O dormir é o viver dele.*
Arrastámos o velho Silvestre em braços e o depositámos nas escadas, recostado no último degrau.
— *Agora pode continuar. Conte-nos o que viu, Ntunzi.*
— *Mas ele escuta alguma coisa? Eu acho que sim, não é verdade, Silvestre Vitalício?*
Em voz alta, meu irmão se esmerou nos detalhes e me conduziu por aquela derradeira visita. Meu pai manteve-se de olhos fechados, sem reação.

***

— *Gastei um dia inteiro no meu passado. Um dia em Jesusalém.*
Foi assim que Ntunzi começou o relato da sua visita. No acampamento, vasculhou por sinais da nossa estada, procurou as secretas anotações que, durante anos, eu rabiscara e enterrara no quintal. Visitou os arruinados edifícios, esgravatou o chão como se raspasse na sua própria pele, como se as lembranças fossem um tumor oculto no corpo. E resgatou o baralho no esconderijo onde eu o deixara. Aquele era o único testemunho da nossa presença.
Segurou as pequenas cartolinas, ergueu-as de encontro ao céu como se faz com os recém-nascidos. Parte

delas estavam apagadas, ilegíveis. Reis, valetes e damas haviam sido destronados pelos vermes do tempo.
— *E depois, Ntunzi? O que fez, o que aconteceu depois?*
Meu irmão subiu ao armário do quarto e lá estava a velha mala onde escondera os seus desenhos. Sacudiu a poeira para dar mais aparência às dezenas de rostos de nossa mãe. Todos diferentes, mas sempre os mesmos olhos enormes de quem está no mundo como numa janela: à espera de uma outra vida.

***

Ntunzi interrompeu o relato e, inesperadamente, se ajoelhou para encarar o rosto de meu pai.
— *O que foi, Ntunzi?* — inquiri.
— *O pai... ele está a chorar...*
— *Não, é assim mesmo... é um cansaço, nada mais.*
— *Pareceu-me que ele chorava.*
Meu irmão perdera o contacto connosco e deixara de saber ler o rosto do nosso velho progenitor. Recolhi as cartas e depositei-as nas mãos de Ntunzi.
— *Lhe peço, mano, me leia o baralho, me lembre o que eu escrevi.*
E foram momentos espessos de um rio escoando. Meu irmão fazia de conta que decifrava letrinhas entre barbas de reis e túnicas de damas. Eu sabia que ele inventava quase tudo, mas havia muito que ambos desconhecíamos a fronteira entre lembrança e mentira. Sentado na cadeira da varanda e, balançando o corpo

como fazia meu velho pai, Ntunzi interrompeu a leitura quando me viu inerte.
— *Adormeceu, Mwanito?*
— *Lembra como eu, ontem, o recebi, frio e distante?*
— *Confesso que fiquei chocado. Eu que escolhera a melhor farda...*
— *É que eu sofro da doença do pai.*

Pela primeira vez confessei o que havia muito me apertava no peito: eu herdara a loucura de meu pai. Por longos períodos era atacado de uma cegueira seletiva. O deserto se transferia para dentro de mim, convertendo a vizinhança num povoado de ausências.
— *Tenho cegueiras, Ntunzi. Sofro da doença de Silvestre.*

Fui à gaveta da cozinha e retirei a pasta da escola que escancarei ante o olhar atónito de meu irmão.
— *Veja estes papéis* — disse, estendendo um maço de páginas caligrafadas.

Tudo aquilo eu redigira nos momentos de escurecimento. Atacado por cegueiras deixava de ver o mundo. Só via letras, tudo o resto eram sombras.
— *Você, agora, é uma sombra.*
— *Já tenho nome de sombra.*
— *Entende a caligrafia?*
— *Claro, esta é a sua caligrafia. Bem desenhada, como sempre foi... Espere um pouco, está a dizer que escreveu tudo isto sem ver?*
— *Deixo de ser cego apenas quando escrevo.*

Ntunzi escolheu ao acaso uma página e leu em voz alta: "*Esta é a minha última fala, proclamou Silvestre*

Vitalício. Fiquem atentos, meus filhos, porque jamais ninguém voltará a me escutar. Eu mesmo me despeço da minha voz. E vos digo: cometeram um grave erro ao me trazerem para a cidade. Estou assim falecente por causa desta traiçoeira viagem. A fronteira entre Jesusalém e a cidade não foi nunca traçada pela distância. O medo e a culpa foram a única fronteira. Nenhum governo do mundo manda mais que o medo e a culpa. O medo me fez viver, recatado e pequeno. A culpa me fez fugir de mim, desabitado de memórias. Era isso Jesusalém: não um lugar mas a espera de um Deus que ainda estivesse por nascer. Só esse Deus me aliviaria de um castigo que a mim mesmo havia imposto. Contudo, só agora eu entendi: meus filhos, meus dois filhos, só eles me podem trazer esse perdão".

A voz se embargou e a leitura ficou suspensa. Meu irmão se acocorou junto a Silvestre e voltou a ler a última frase "... *meus filhos, meus dois filhos...*".

— *Silvestre, você disse isto?*

Perante a passividade de meu pai, Ntunzi virou-se para mim, inquirindo, voz tremente de emoção:

— *Isto é verdade, mano? O pai falou assim?*

— *Nestas páginas tudo é a nossa vida. E viver, mano Ntunzi, quando é de verdade?*

Arrumei as folhas e as coloquei dentro da pasta. E lhe ofereci o meu livro como meu único e derradeiro pertence.

— *Aqui está Jesusalém.*

Ntunzi abraçou a pasta e se adentrou pela casa. Fiquei olhando o meu irmão desvanecendo-se no escuro, enquanto me ressurgiam memórias do tempo em que apagávamos caminhos para proteger o nosso solitário reduto. E me veio à lembrança a penumbra onde decifrei as primeiras letras. E recordei o estrelinhar das luzes por sobre o rio. E o riscar dos dias no negro muro do tempo.

De súbito, me golpeou uma imensa saudade de Noci. Talvez vá ter com ela mais cedo do que pensava. A ternura daquela mulher me confirmava que meu pai estava errado: o mundo não morreu. Afinal, o mundo nunca chegou a nascer. Quem sabe eu aprenda, no afinado silêncio dos braços de Noci, a encontrar minha mãe caminhando por um infinito descampado antes de chegar à ultima árvore.

1ª EDIÇÃO [2009] 13 reimpressões

ESTA OBRA FOI COMPOSTA PELA SPRESS EM GARAMOND E IMPRESSA
EM OFSETE PELA GRÁFICA BARTIRA SOBRE PAPEL PÓLEN NATURAL DA
SUZANO S.A. PARA A EDITORA SCHWARCZ EM MAIO DE 2023

A marca FSC® é a garantia de que a madeira utilizada na fabricação do papel deste livro provém de florestas que foram gerenciadas de maneira ambientalmente correta, socialmente justa e economicamente viável, além de outras fontes de origem controlada.